小学館文庫

突きの鬼一　春雷

鈴木英治

JN020134

小学館

目次

突きの鬼一《おにいち》　春雷《しゅんらい》

第一章

一

あまりに寒気が厳しく、体の震えが止まらない。
なにくそ、と百目鬼一郎太《どうめきいちろうた》は歯を食いしばった。
――寒さになど負けておれぬ。
そんなざまでは、羽摺《はず》りの者に勝てない。
――しっかりするのだ。

おのれを奮い立たせ、一郎太は気力で震えを抑え込んだ。

乾いた風が吹き渡り、梢《こずえ》をさわさわと揺すっていく。そのさまはまるで、木々が身を寄せ合い、震えているかのようだ。

茂みに身をひそめつつ心気を静め、一郎太はあたりの気配をうかがった。桜香院《おうこういん》を狙う羽摺りの者が、ここ百目鬼家の江戸上屋敷にひそんでいないか。

桜香院は実母ではあるが、一郎太と折り合いがよいとはいえない。だが今は、桜香院の命が危うい。

――この差し迫ったときに、血のつながったせがれが、手をこまねいているわけにはいかぬ。

しばらく身じろぎ一つせずにいたが、ふむ、と一郎太は小さく息を漏らした。

――なにも感じぬ。

羽摺りの者は、屋敷内にはいないようだ。ここでは、桜香院の命を奪おうとする気はないということか。

――むろん油断はできぬが、母上を狙ってくるのであれば、やはり北山《きたやま》への旅の途上であろうか……。

じきに桜香院は、一郎太の居城だった白鷗《はくおう》城がある美濃《みの》北山へ発《た》つのだ。国元にいる孫の重太郎《しげたろう》が病にかかり、重篤との知らせが届いたからである。

重太郎は、桜香院の寵《ちょう》が格別に深い弟重二郎《しげじろう》の嫡男である。桜香院は五歳の孫も、重二郎に劣らず愛《いと》おしく思っている。

重太郎は、一郎太にとっても、むろんかわいい甥《おい》である。

――重太郎、病になど負けるでないぞ。がんばってくれ。

子供は、七つまでは神さまからの預かり物といわれている。その歳《とし》までに病にかかって死んでしまうことが多いからだが、重太郎にはなんとしても快復してほしいと、一郎太は心から願っている。

庄伯《しょうはく》という腕のよい御典医が重太郎につきっきりになっているだろうから、大丈夫だと信じたいが、果たしてどうなのか。

一郎太自身、北山に駆けつけたくてならない。もっとも、自分が行ったからといって重太郎の病がよくなるわけではない。

それはよくわかっているが、重太郎の病状だけでなく、後継として北山の政《まつりごと》を託してきた重二郎の様子も知りたかった。

きっと憔悴《しょうすい》しているにちがいない。励ましの言葉をかければ、少しは元気が出るのではないか。

そのことを桜香院も、よくわかっているのであろう。

――母上は、七つ立ちをされるのではないか。

七つまで、あと半刻《はんとき》ほどだ。

——そろそろ動かねばならぬ。

主殿の玄関近くには、三つの篝火《かがりび》が焚《た》かれている。ぱちぱちと薪が爆《は》ぜては、火の粉を舞い上げている。あの篝火は、桜香院の出立《しゅったつ》に備えて用意されたものだろう。暖を求めているのか、篝火に寄り添うように四つの人影が見えた。あの四人は、桜香院警固の役目を担っているのだ。羽摺りの者を見張る役目を負って、庭に立っているのであろう。

八つ半という刻限のせいか、四人とも眠気に襲われているらしく、役目に真剣に向き合っているようには見えない。羽摺りの者と戦ったことがないために、さしたる危機感を抱いていないのだ。羽摺りの者をなめているのかもしれない。

——俺にとっては、気が緩んでいるほうがありがたいが……。

あの者たちの目を盗むのが、たやすくなるからだ。

——よし、行くか。

ためらうことなく、一郎太は茂みを抜け出た。篝火がつくる地面の影を拾うようにして、主殿に近づいていく。

警固の者たちに気づかれずに、主殿のそばまで来た。

床下にもぐり込もうとして、不意に誰かに見られているような気がした。一瞬にして体がかたくなる。

――羽摺りの者か……。

体勢を低くし、全身を耳にして、一郎太はあたりの気配をうかがった。

しかし、眼差《まなざ》しらしきものを覚えたのはそれきりだった。ふむう、と一郎太は心中でうなった。

――やはり羽摺りの者は、屋敷内に入り込んでいるのではないか……。よし、行くか。

腰をかがめて一郎太は、主殿の床下に身を入れた。途端に、かび臭さに包まれる。

――羽摺りの者が襲ってくるなら、ここであろうな。

決して油断することなく一郎太は暗闇の中、じりじりと進んでいった。目指すは正室の静《しずか》の部屋である。

主殿内はどこか落ち着かず、ざわついていた。すでに大勢の者が起き出し、立ち働いているようだ。桜香院の出立が近いせいだろう。

表御殿との境までやってきた。ここまで羽摺りの者の襲撃はなかった。

境目を越えて、一郎太は奥御殿内に入り込んだ。これまで何度も上屋敷には忍び込んでおり、どこが静の部屋なのか迷うはずもない。剣術の鍛錬の成果もあるのか、夜目も利く。

——もし羽摺りの者が屋敷内に入り込んでいるのなら、まずは母上の様子を見に行ったほうがよかろう。

桜香院の部屋がどこかも、一郎太は知っている。そこは上段の間、下段の間、寝所がある広い部屋である。

一郎太は、桜香院の部屋の真下で足を止めた。頭上を振り仰いで気配を探る。

四人ばかりの気配が感じられた。桜香院と三人の腰元《こしもと》であろう。

——四人でおるなら、まず滅多なことは起こるまい。

羽摺りの者らしい剣呑《けんのん》な気配もしない。少しだけ安心して一郎太は桜香院の部屋の床下を離れ、静の部屋へ向かった。

静の部屋の床下に赴くと、侍女が一緒にいるのが知れた。ささやくような口調で、静と侍女はなにやら話をしている。

この刻限に侍女と一緒とは珍しいこともあるものだと一郎太は思ったが、じきに二人で桜香院の見送りに出るのだろう。

——確か、静の気に入りの侍女は仁美《ひとみ》といったな……。

さてどうするか、と一郎太は思案した。静と一緒にいる仁美に気づかれずに畳を持ち上げるなど、できようはずもない。

——仕方あるまい。

腹を決めた一郎太は、部屋に向けて小さな声を放った。

「静」

話し声がやんだ。

「一郎太だ。今から畳を上げるゆえ、驚かずにいてくれ」

「承知いたしました」

落ち着いた声音が返ってきた。床板を外してその上に足を置き、一郎太は雪駄《せった》を脱いだ。畳をぐいっと上げ、できた隙間から顔をのぞかせると、若い女と目が合った。

——ああ、やはり仁美だ。

仁美は目を丸くして、一郎太を見ている。

「お殿さま……」

うむ、とうなずきを返して一郎太は静の部屋に上がり込み、畳を元に戻した。

行灯《あんどん》が灯《とも》る部屋は、すでに寝具は片づけられていた。端座《たんざ》する静のそばに火鉢が置かれ、真っ赤に燃えた炭がじんわりとした暖かみを放っている。

一郎太は静を見つめた。一郎太を見て、静が微笑を返す。

「あなたさま、よくいらしてくださいました。仁美、下がっていなさい」

隣の間に移るよう静が命じた。はい、と答えた仁美が立ち上がり、そっと出ていく。

静と二人きりになった一郎太は、腰から鞘《さや》ごと抜いた愛刀の摂津守順房《せっつのかみよりふさ》を畳の上に置き、端座した。向かいに座る静の顔を、まじまじと見る。

肌はつやつやとして、瞳もくっきりと澄んでいる。黒髪にも艶がある。

静はいかにも健やかそうだ。別段、苦労はないように見え、一郎太は安堵《あんど》を覚えた。

「あなたさま、お目にかかれてうれしゅうございます」

喜色を露《あら》わに、静が両手を畳に揃《そろ》えた。

「俺もうれしくてならぬ。そなたに会いたくてならなんだ」

「私も……」

その表情があまりにいじらしく、抱き締めたかったが、一郎太は我慢した。

「静」

改まった口調で呼びかけた。はい、と静が真剣な顔で応ずる。

「俺はしばらく江戸を離れる。そなたにそれを伝えに来たのだ」

なにゆえ江戸を離れなければならないのか、一郎太はこれまでの経緯を話しはじめた。

桜香院は重二郎を百目鬼家の当主とするために、天草《てんぐさ》の産地である飛び地領、伊豆《いずの》国諏久宇《くにすくう》を公儀《こうぎ》に返上するという挙に出た。

静からそのことを聞いた一郎太はすぐさま桜香院に会い、百目鬼家の家督を重二郎に譲ると明言した。

その言葉を信じた桜香院は諏久宇の一件を即座に取り下げたが、暴挙ともいえる諏久宇返上を知った江戸家老黒岩監物《くろいわけんもつ》は、これまで意を同じくしていた桜香院がもはや自分にとって邪魔者でしかないと覚《さと》り、この世から除くことを決意した。

桜香院を亡き者にするよう監物が命じたのは、木曽御嶽山《きそおんたけさん》の麓《ふもと》を本拠とする忍びの集団羽摺りの者である。

「羽摺りの頭領は、東御万太夫《とうみまんだゆう》という。俺は、その配下である羽摺り四天王の白虎《びやっこ》、青龍《せいりゅう》、朱雀《すざく》、玄武《げんぶ》と戦った」

一郎太は元小姓《こしょう》で友垣《ともがき》の神酒藍蔵《みきらんぞう》の力を借り、羽摺り四天王を倒した。さらに、四天王を統率していた黄龍《こうりゅう》をも討ち取った。

「なにゆえ俺は羽摺りの者に狙われたのか。監物が、羽摺りの者に俺を殺させようとしたからだ」

諏久宇の天草からつくられる寒天は北山の名産となり、百目鬼家の財政を支えていたのだが、監物は白鷗城下の三軒の寒天商家から莫大《ばくだい》な裏金を得ていた。

まだ百目鬼家の当主だったときに、一郎太は寒天で得た金の流れがどうなっているのか詳しく調べようとしたが、それを知った監物が、一郎太を殺すことで一切の調査を封じようとしたのである。

「羽摺りの刺客を返り討ちにした俺を殺すのをあきらめたわけではないだろうが、万太夫の矛先は今、母上に向いた」

万太夫は散須香《さんすこう》という羽摺りの秘薬といえる毒薬を用い、桜香院の命を絶とうとしたが、それを一郎太は阻んだ。

「ただし、その一度だけで万太夫がやめるとは思えぬ。母上が北山に向かう旅の途上、襲ってくるのは疑いようがない」

そこまで話して、一郎太は口を閉じた。静は一言も口を挟むことなく、話をしっかりと聞いてくれた。

「わかりました」

一郎太をまっすぐに見て、静が大きくうなずいた。

「あなたさまは、これから北山に向かうおつもりでございますね」

「その通りだ」

静を見つめ返して、一郎太は首肯《しゅこう》した。

「なんとしても、母上を守らなければならぬ。その上で北山に赴き、すべての禍根《かこん》を断つつもりだ。さすれば、江戸で安気《あんき》な暮らしを送れるようになろう」

声に自信をみなぎらせて一郎太は答えた。

「しかし、あなたさま」

案じ顔で静が呼びかけてきた。

「その万太夫という羽摺りの頭領は、四天王たち五人の大事な配下を殺されて、あなたさまをうらんでおるのではありませぬか」

「まちがいなくうらんでおろう」

一郎太は同意してみせた。

「でしたら、北山への道中、義母上《ははうえ》さまだけでなく、あなたさまも狙われるのではありませぬか。あなたさまが義母上さまの警固に当たることは、万太夫も重々承知しているでしょう」

「その通りだ」

顎《あご》を大きく引いて一郎太は認めた。

「羽摺りの者は懲りもせず、必ず襲ってくるだろう。だが静、前にも申したが、俺は決して負けぬ。正義が必ず勝つとはいわぬが、金で人を殺すような輩《やから》に俺が後れを取るはずがない。東御万太夫は必ず倒してみせる」

声に力を入れた一郎太は、両肩をぐいっとそびやかした。

「あなたさまが勝つことは、私もよくわかっております。あなたさまが、悪の手先に負けるはずがございませぬ」

菩薩《ぼさつ》を思わせる笑みをたたえ、静が断じた。

「それは無二の言葉だ」

感謝の思いを込めて一郎太は低頭した。

「ところで静、すでに出立の支度が進みつつあるようだが、母上は七つ立ちをされるのであろうな」

一郎太は少し話題を変えた。

「おっしゃる通りでございます」

「七つなら寒さが最も厳しい刻限だな……」

――俺より寒がりの母上が、そんな刻限に出立されるとは……。

どれほど重太郎を案じているか、察せられるというものだ。

この時季の甲州街道《こうしゅうかいどう》小仏峠《こぼとけとうげ》あたりは、すでに雪深いのではあるまいか。母上は乗物で行くのだろうが、道行きは相当に難儀するであろう。羽摺りの者が狙ってくるとしたら、小仏峠は恰好《かっこう》の場所かもしれない。

「あなたさまも、義母上さまと一緒に発たれるのでございますね」

静が確かめるようにきいてきた。うむ、と一郎太は首を縦に振った。

「ただし母上には、俺が警固につくと知らせてはおらぬ。ゆえに、母上の行列につかず離れずという形を取ることになろう」

「わかりました」

答えた途端、不意に静がうつむいた。膝の上に置いた両の拳が小さく震えている。

そのさまを見て一郎太は瞠目《どうもく》した。

「静、どうした」

一郎太に問われて、静が面を上げた。目が涙で潤んでいる。

「なにゆえ泣く」

いったん目を閉じてから、静が一郎太を見つめた。

「あなたさまとの別れが辛《つら》いからでございます……」

「ああ、まことだな……」

静をじっと見て、一郎太は深くうなずいた。

正直、一郎太も静との別れは耐えがたいものがある。このままずっと、ともにいたい。それができたら、どんなに幸せだろう。

「あなたさま。いつになれば、一緒にいられるようになるのでしょう」

すがるような面持ちで静がきく。一郎太は腹に力を入れた。

「重二郎が公儀に認められ、百目鬼家の家督を正式に継げば、俺は隠居の身だ。それからはずっと一緒にいられよう」

できるだけ冷静な声で、一郎太は告げた。

「その日が待ち遠しゅうございます」

「俺もだ。一刻も早く来てほしい」

こうして話しているあいだも、刻々と時は過ぎていく。

——だが、男にはやらねばならぬときがある。今がそのときだ。

意を決した一郎太は顔を近づけ、静の口を吸った。ああ、と切なそうな声を上げ、静がわずかに身もだえる。

静を横たえたい衝動に駆られたが、なんとか我慢した。隣の間には仁美もいるのだ。滅多な真似《まね》はできない。それに、もはやときがあまりなかった。

一郎太は、静から離れた。座り直した静が乱れた裾《すそ》を直す。

「そなたも、母上の見送りに出るのだな」

息をととのえて一郎太はたずねた。

「もちろんでございます」

紅潮した顔で静が返答する。瞳が熱っぽくなっていた。

「大事な義母上さまでございますから」

かたじけない、と一郎太は思った。

「静」

万感の思いを込めて呼びかけた。

「外は寒い。できるだけ暖かくするのだぞ。風邪を引かぬようにな」

「承知しております。お気遣いいただき、ありがとうございます」

どこか寂しげに静が笑《え》んだ。

「でも私はあなたさまよりも、ずっと寒さに強うございます」

「確かにその通りだ」

一郎太はもう一度、静の唇を吸いたかった。だが、なんとかこらえた。

「静、この屋敷内に羽摺りの者がいるかもしれぬ。十分に気をつけてくれ。やつらは、そなたにも牙を剝《む》いてくるかもしれぬゆえ。できるだけ一人にならぬようにするのだ」

「はい、わかりました」

どこか気の強さを感じさせる顔で、静が答えた。頼もしいな、と一郎太は思った。

――静は剣術を遣う。もしかすると……。

いやいや、そんなわけはないと、一郎太は首を振った。

――よし、行くか。いつまでもぐずぐずしてはおられぬ。

全身に気合を込め、一郎太は気持ちに踏ん切りをつけた。

「では静、行ってまいる」

決意の籠もった声を、一郎太は放った。

「行ってらっしゃいませ」

背筋を伸ばした静が、両手をついて畳に額をつける。そのうなじの白さが一郎太の目を撃った。

——次はいつ会えるのだろう。まさか、これが今生《こんじょう》の別れにならぬだろうな。

なるはずがないではないか、と一郎太は自分に言い聞かせた。

——近々会える。会えるに決まっている。

よし、と力強く言うと、一郎太は摂津守順房を腰に差した。

二

畳の縁に指先を入れ、少し力を込める。

畳が持ち上がり、できた隙間を抜けて一郎太は床板の上に降り、雪駄を履いた。

顔を上げると、静と目が合った。静はまた泣きそうな顔をしている。

静を元気づけたかったが、一郎太はうまい言葉が浮かんでこなかった。

——俺が無事な顔を見せるのが、静にとって一番の薬となろう。

「静、息災に過ごせ」

「あなたさまも、道中お気をつけて……」

震え声で静がいう。

「うむ、わかっている」

笑顔をつくって一郎太は畳を元に戻した。静の顔が瞬時に消えたが、そのときにはすでに会いたくなっていた。

――東御万太夫との決着をつけ、必ず帰ってこなければならぬ。

息をついた一郎太は床板も元通りにし、暗闇の中、中腰になってかび臭い床下を進みはじめた。

篝火がつくる明るさが見えてきた。もうじきだ、と思った瞬間、なにかが横合いから飛んできた。

咄嗟《とっさ》に一郎太は地面に這《は》いつくばった。風を切り、苦無《くない》のような物が背中の上を通り過ぎていった。それが、柱に音を立てて突き立った。

――羽摺りめ、やはりおったのか。

一郎太が、ぎりと奥歯を嚙《か》み締めたとき、またも同じ物が飛んできた。

さっと顔を伏せた。頭をかすめるようにして苦無が飛んでいく。今度は柱に当たることなく、地面に落ちたようだ。

その直後、ひゅっ、と息を吹いたような音を一郎太の耳は捉えた。

――吹き矢だ。

直感した一郎太は摂津守順房の鞘《さや》をつかみ、柄《つか》をぐいっと顔のそばに上げた。とん、と小さな音を立てて、吹き矢が柄に刺さった。

間髪《かんはつ》を容《い》れず、またも吹き矢の音が聞こえた。しかも、先ほどよりも近かった。四間も離れていないのではないか。

吹き矢にはまちがいなく毒が塗られているだろうから、その距離の近さに少なからず恐怖はあったが、一郎太の腕は軽やかに動いた。

摂津守順房の柄に、またしても吹き矢は突き刺さった。軽い衝撃が手に伝わってくる。

身構え直した一郎太は、羽摺りの者が吹き矢を飛ばしてきたと思える場所に目を据え、いつでも斬りかかれるような姿勢を取った。だが、そこに人影はなかった。

一瞬、背後を取られたかと思ったが、そちらには剣呑な気配はなかった。しばらく一郎太は身じろぎせず、じっとしていた。

二本の吹き矢を最後に羽摺りの者は去ったのか、新たな攻撃はなかった。

——終わったのか……。

気を緩めることなく一郎太は付近の気配を嗅ぎ続けた。

——おらぬな。

やはり羽摺りの者は去ったのだ。こめかみから出た冷や汗が、つーと頬を伝っていく。

——危うかった……。

汗を手の甲でぬぐって、一郎太は摂津守順房の柄を見た。二本の吹き矢が刺さっている。それを抜いて地面に捨てた。

篝火の明るさを目指して進みはじめる。

床下を出る前に目を光らせ、一郎太は羽摺りの者が近くにいないか、気配を確かめた。

――おらぬようだ。

さらに一郎太は、警固の者がどこにいるか確かめた。

四人とも、先ほどと同じ場所に立っている。篝火のそばで、相変わらず眠そうにしていた。

――ふむ、警固の人数は別に増えておらぬようだな。

四人以外に人影がないのを見て取って、一郎太は床下を抜け出た。かび臭さから解き放たれ、さすがにほっとする。

篝火の光が届かない場所を選んで素早く移動し、塀にたどり着いた。塀に登り、眼下の道を見下ろす。

人っ子一人歩いておらず、羽摺りの者がいるようにも思えなかった。一郎太はさっと飛び降りた。

即座に右に向かって歩き出す。最初の辻《つじ》の手前で足を止めた。

町屋の陰に立つ人影が目に入ったからだ。一郎太の姿を認めたようで、その人影がずいと前に出てきた。

「藍蔵」

低い声で一郎太は呼びかけた。

「月野《つきの》さま」

安堵の思いを露わにした声で答え、藍蔵が近寄ってきた。行李《こうり》を一つ背負っている。

「ご無事でございましたか」

うむ、と一郎太は点頭《てんとう》した。おや、と声を出し、藍蔵が首をかしげる。

「月野さま、なにやらお顔がかたいようでございますな」

「わかるか。実は、先ほど羽摺りの者に襲われた」

えっ、と藍蔵が驚きの声を発した。

「お怪我《けが》は」

「別にない」

上屋敷の床下でどんな攻撃を受けたか、一郎太は説明した。それを聞いた藍蔵が安堵の息を漏らした。

「苦無と吹き矢でございますか。月野さま、よくよけられましたな」

「体が自然に動いてくれた」

「それは重畳《ちょうじょう》。日頃の鍛錬の成果でございましょうな」

「まことにその通りだ」

「月野さま。ここで旅支度をなされませ。今なら誰もおりませぬ。月野さまが着替えているあいだ、それがしがきっちりと警固いたします」

あたりには、武家屋敷しかない。辻番所もこの近くにはなかった。

夜明けまで、一刻半は優にある。この刻限にこのような場所を通りかかる者がいるはずもない。あたりには静寂の帳《とばり》が降りており、ときおり吹き渡る風の音以外、耳に届くものはなかった。

藍蔵は、すでに旅装束を身につけている。

「うむ、そうしよう」

一郎太がうなずくと、藍蔵が背中の行李を地面に下ろし、蓋を開ける。中から旅《たび》装束《しょうぞく》を取り出した。

着物を脱ぎ、一郎太は手早く身につけた。脱いだ着物は、藍蔵がきれいにたたんで行李にしまい込む。その間、一郎太はいつでも摂津守順房を抜けるように目を光らせていた。

「月野さま、ここで桜香院さまの一行が出てくるのを待つのでございますな」

行李の蓋を閉めて藍蔵がきく。

「そうだ。ここなら、母上が出てこられたら、すぐにわかろう」

この辻から三十間ほど先の左手に、表門があるのだ。

「月野さま。小仏峠など、これから雪深い道を行くことになりましょう。この行李には、寒さをしのげる着物も入れてきておりますぞ」

軽々と行李を背負って藍蔵が小さく笑う。藍蔵は百目鬼家中では最も相撲が強く、米俵なら四つ、楽々と持ち上げられる。

――この膂力《りょりょく》の強さも、いずれ頼りにすることがあろう……。

「それはありがたい」

――それで、道中の寒さを乗り切ればよいのだが……。

寒さを苦手としている一郎太は、そう願わざるを得なかった。

――いや、今は寒さなどどうでもよい。肝心なのは母上の身だ。なんとしても守らねばならぬ。

冷たい風は吹き続けたが、その場をじっと動かず、一郎太と藍蔵は表門のほうを見守り続けた。

半刻ほどたったと思えるとき、屋敷内からざわめきが伝わってきた。馬の息遣いらしいものも聞こえてきた。

「出てこられるようだな……」

眼差しを上屋敷に向けて、一郎太はつぶやいた。

「さようでございますな」

どこかほっとした声で藍蔵が同意する。この寒さの中、ずっと立ち続けているというのは、さすがの藍蔵も少しこたえたようだ。

「じき七つの鐘が鳴ろう」

「さようにございますな」

藍蔵が低頭する。その直後、鐘の音が寒風を縫うように響いてきた。

鐘の音が夜空に糸を引くように消えると、出立、という声が屋敷内から聞こえてきた。

それとほぼ同時に、木がきしむ音が一郎太の耳を打った。

表門が開いたらしく、提灯《ちょうちん》を手にした侍が一人道に出てきた。提灯を高く掲げ、あたりをうかがうような素振りをした。

怪しい者はいないと判断したか、門内に向かって手招きをする。あの侍はおそらく供頭《ともがしら》であろう。

——あの者の名は……。

さして考えるまでもなく一郎太は思い出した。花井伸八郎《はないしんぱちろう》である。先ほど庭に姿はなかった。

行李を背負った中間《ちゆうげん》に続いて、荷物が置かれた馬が馬引《うまひき》の手で引き出された。

さらに二人の侍があらわれた。あの二人は庭に立っていた者たちである。

二人とも、もう眠気があるようには見えなかった。むしろやる気に満ちているようで、動きがきびきびしていた。

次いで、四人の陸尺《ろくしやく》が担ぐ乗物が出てきた。あれに桜香院が乗っているのだ。引戸は閉じられており、桜香院の顔は見えない。

乗物の後ろにも、二人の侍がついていた。あの二人も庭に出ていた。

三人の腰元がそれに続いた。行列の最後尾は、荷物持ちの中間が二人である。

——供は、陸尺と馬引、腰元を入れて十六人か……。

桜香院警固の侍は全部で五人である。百目鬼家は、三万石の小大名に過ぎない。

桜香院は、今は亡き一郎太の父内匠頭斉継《たくみのかみなりつぐ》の正室とはいえ、十六人の供が百目鬼家として出せる精一杯の人数であろう。

——我が家《いえ》としては、よくがんばったほうではあるまいか……。

門を出た行列が道を歩きはじめると、再び木のきしむ音が聞こえてきた。

——屋敷内で、静も見送っていたのであろうな……。

一目、顔を見たいという思いに一郎太はとらわれた。

——静、すぐに戻ってくるゆえ、達者でいてくれ。そなたは俺の力の源だ。

桜香院の行列が、こちらに向かってくる。藍蔵とともに物陰にひそみ、一郎太は行列が通り過ぎるのをじっと待った。

三

畳が元通りにおさまり、一郎太の顔が見えなくなった。

気配が遠ざかっていく。いま一郎太は床下を這うように進み、内庭を目指している最中だろう。

はあ、と静はため息をついた。

——会いたい。ついていきたい。

一郎太と、もっと一緒にいたかった。正直にいえば、一郎太に抱かれたかった。

先ほど吸われた唇に、一郎太の余韻が残っている。唇にそっと指を触れ、静は目を閉じた。深く息を吸い込むと、部屋に漂う一郎太の残り香を感じた。

——一緒に北山に行けたら、どんなにいいだろう……。

そのとき、床下からなにかが木に突き立ったような音が聞こえた。

——今のは……。

首をかしげ、静は耳を澄ませた。

――もしや我が殿の御身に、なにかあったのではないだろうか……。

さらに、ただならぬ気配が床下から伝わってきた。

――我が殿が、羽摺りの者と戦っているのでは……。

いても立ってもいられない。静は畳を持ち上げようとした。

だが、そのときには気配が消えていた。どうしたのだろう、と静はいぶかしんだが、それきりなにも伝わってこない。

――まさか、我が殿が討たれてしまったわけではあるまい……。

そのようなことがあるはずがない、と静は思った。一郎太は無敵なのだ。

もし仮に羽摺りの者に襲われたのだとしても、一郎太はものの見事に切り抜けたであろう。

羽摺りの者を倒したのかもしれない。とにかく案ずることはないのだ。一郎太は無事だろう。

――ああ、それにしても、私も我が殿と一緒に北山に行きたい。

胸に手を置いて、静は強く思った。道中、羽摺りの者たちの襲撃があるのはまちがいないだろうが、一郎太との旅は心弾むものになるに決まっている。

現将軍の娘とはいえ、静は公儀の人質も同然の身である。そのために江戸を離れることは許されず、上屋敷でひたすら毎日を過ごさなければならない。

いや、とすぐさま静はかぶりを振った。

――私は、もうじき人質の身ではなくなる。

すでに一郎太は隠居を決め、百目鬼家の家督を弟の重二郎に譲ると、桜香院に明言したという。

一郎太が百目鬼家の当主の座を降りれば、自分はどこへでも自由に行けるようになるのではないか。

――早くうつつのことになればよいのに……。

静は楽しみでならない。だが同時に、不安で心が一杯なのに気づいた。

――まさか、我が殿に凶事が起きるのではあるまいな……。

静は、一郎太が羽摺りの者などに負けるはずがないと、確信している。それにもかかわらず、不安は消えない。

――御身になにも起きませぬように。

両手を合わせ、静は一心に祈った。

しばらくそうしていたが、心はざわついたままで、落ち着きを取り戻しそうにない。

気持ちを静めるためには、と静は思案した。なにをすればよいか。七つには、まだ少しだけときがあるはずだ。

「仁美――」

隣の間にいる侍女に、声をかけた。はい、と応《いら》えがあった。

襖《ふすま》が開き、仁美が姿を見せる。

「お茶を淹《い》れてください」

「はい、ただいま」

再び隣の間に行った仁美が、小さな瓶から鉄瓶に水を入れている。こちらに戻ってくると、水を張った鉄瓶を火鉢の上に置き、急須に茶葉を入れた。

湯が沸くまで間がある。静は立ち上がり、戸棚にしまってある湯飲みを取り出した。手にして、しみじみと眺める。温かみを感じさせる紫の地に、散りゆく三枚の桜花が描かれている。

――いい湯飲み……。

静の大のお気に入りである。

――早く暖かくなって桜が咲けばよいのに。

その頃にはきっと、一郎太と一緒に暮らせるようになっているにちがいない。

「仁美、これにお茶を入れて。桜には、季節がまだ早いけれど……」

「承知いたしました」

湯飲みを受け取った仁美が目を落とす。

「お殿さまから、いただいた湯飲みでございますね」

ええ、と静は首肯した。

「私が嫁いできたときにいただいたものです」

小ぶりの女物である。お揃いの男物を、一郎太は持っている。

「実によい湯飲みでございますね。肌触りがよくて、しっくりと手に馴染《なじ》む感じがいたします」

「本当にその通りね」

やがて、鉄瓶がしゅっしゅっと湯気を噴き上げはじめた。仁美が鉄瓶の湯を急須に注ぐ。しばらく待ってから急須を持ち上げ、静の茶碗《ちゃわん》に茶を注いだ。

「奥方さま、どうぞ」

湯飲みを茶托《ちゃたく》にのせ、仁美が畳の上にそろりと置いた。

「ありがとう」

礼を述べて、静は湯飲みを手に取った。温かさがじんわりと伝わってくる。目を閉じ、その心地よさを噛み締めた。

――まるで、一郎太さまに抱かれているみたい……。

香ばしいにおいが鼻孔をくすぐり、静は深く吸い込んだ。

それだけで、体が清らかになっていくような気がする。湯飲みを口に近づけ、そっと茶を喫した。

甘みと苦みが感じられ、口中がすっきりした。同時に、気持ちが平静さを取り戻してきたのが知れた。

――いえ、私はこの湯飲みを手に持ったときから落ち着いていた……。

「ああ、おいしい」

お茶とはまるで薬のようだ。茶が唐土《もろこし》から伝わってきた昔は、実際に薬として用いられていたと聞く。

その薬効のおかげか、静の心の不安はすっかり消えてなくなっていた。

――我が殿は大丈夫。決して死にはせぬ。

「仁美もどうじゃ」

空になった湯飲みを茶托に戻して、静はきいた。

「いただいても、よろしゅうございますか」

遠慮がちに仁美がたずねる。

「当たり前です。気兼ねはいりませぬ」

「ありがとうございます。その前に奥方さま、おかわりは」

「ああ、いただこうかしら」

「すぐに淹れます」

急須を手に取った仁美が、静の湯飲みに茶を注いだ。湯飲みをそっと茶托に置く。

「どうぞ、お召し上がりください」

「ありがとう」

軽く頭を下げた静は、茶を少しだけ飲んだ。

鉄瓶を取り上げた仁美が、急須に湯を入れる。しばらく待ってから急須を傾けた。

「いただきます」

ほかほかと湯気が立つ湯飲みを両手で持ち、仁美が茶を喫する。

「ああ、おいしい」

感極まったような声を出した。

「ええ、本当に……」

静は、半分ほど残った茶碗を茶托に置いた。手を離した途端、音もなく茶碗が真っ二つに割れ、茶が畳にこぼれた。

「ああっ」

悲鳴のような声が静の口から漏れた。

――なんということでしょう。我が殿からの大事な贈り物なのに……。

「奥方さま、大丈夫でございますか。お怪我はありませぬか」

あわてた仁美が声を上げた。

「ええ、大丈夫です。仁美、手間をかけますが、片づけてください」

冷静さを保って静は命じた。はい、と答えて仁美が割れた茶碗の後始末をはじめる。

「仁美、破片で手を切らぬように注意するのですよ」

「わかりました」

欠片《かけら》をすべて集め終えた仁美が雑巾を使って、濡《ぬ》れた畳を拭きはじめた。

その様子を見ながら静は、いったいなにゆえこのような仕儀になったのだろう、と眉根を寄せた。

——やはり我が殿の御身に、なにかあるのではないだろうか。ああ、おそばにいたい。

そのことを静は心から願った。

後片づけを終えた仁美が、遠慮がちに呼んできた。

「あの、奥方さま」

「そろそろ行かれませぬと」

「ああ、そうですね」

もう七つに近い刻限のはずだ。ゆっくりしてはいられない。桜香院の見送りに出なければならなかった。

そのとき屋敷内から、人のざわめきが伝わってきた。馬のいななきらしいものも聞こえてくる。

　あれは、と静は顔を上げた。桜香院の荷物を運ぶ駄馬が上げたものであろう。

　――我が殿は義母上さまのあとを、密《ひそ》かについていかれるとおっしゃっていた……。

　どうかご無事で、と静は一郎太のために改めて祈った。

「奥方さま、お殿さまがおっしゃったように、外はさぞ寒いでしょうから、厚着をされるほうがようございましょう」

「あら、仁美。一郎太さまのお言葉を聞いていたの」

　いえ、と仁美があわててかぶりを振った。

「別に、聞き耳を立てていたわけではありませぬ。あの、聞こえてきてしまったのでございます」

　ふふ、と静は小さく笑った。

「一郎太さまは地声が大きいですからね」

「いえ、そのようなことはございませぬが……。まことに申し訳ございませぬ」

　畳に手をつき、仁美が頭を下げた。

「仁美、謝るようなことではありませぬ。ちょっと、そなたをからかっただけですから」

「えっ、からかった……」

　意外そうな声を発し、仁美が静を見る。

「そなたは根がまじめなので、からかうとおもしろくて、つい……。ごめんなさい」

静はこうべを垂れた。

――ああ、仁美がそばにいるのはとてもありがたい。一緒にいると楽しいから、すぐに気分を変えられる……。

一郎太になにかあるのではとの思いが消えたわけではないが、少しだけ気持ちが軽くなった。

「いえ、奥方さま、もったいのうございます。私のような者に、謝られることはございませぬ。奥方さまの気晴らしになれば、それが私にとって最高のご奉公だと存じます」

「うれしい言葉ね」

弾んだ声で静は謝辞を口にした。

――とてもいい娘。いつかこの娘に、ふさわしい縁談を用意してやらねば……。

「では仁美、義母上さまのお見送りに出ましょう。その前に上に羽織るものをください」

「では、お手伝いをいたします」

ほとんどされるがままに身支度をととのえ、静は敷居際に立った。火鉢の炭を灰に埋めてから、仁美が襖を開ける。

足を進ませて静は廊下に出た。そこにも寒気が居座っていた。顔が冷たく、足裏にもじんわりと冷えが伝わってくる。

——殿のおっしゃる通り、本当に寒い。

重ね着をしておいて本当によかった、と静は思った。そのおかげで、体はほとんど冷えない。

草履《ぞうり》を履いて玄関から庭に出ると、さらに寒さが身にしみた。大気にさらされている頬が、ひどく冷たい。

篝火の明かりに照らされ、桜香院が立っているのが見えた。声をかけようとして、静はとどまった。桜香院の隣に、黒ずんだ顔をした黒岩監物がいるのがわかったからだ。

なにゆえ二人が一緒にいるのだろう、と静はいぶかった。

——義母上さまを亡き者にしようというくらいだから、監物自身、近寄るのもいやなはずなのに……。

桜香院は、しきりに話しかけている様子の監物にうなずきを返すでもなく、無表情な顔で無視しているようだ。

おそらく監物にうんざりしているのだろう。怒鳴りつけたいのを、我慢しているのかもしれない。

静も監物に、姿の見えぬところに下がっていなさいといいたかった。

静は桜香院に近づいた。桜香院の背後に三人の腰元が立っている。三人とも手甲脚絆《てっこうきゃはん》をつけ、旅支度をしっかりと済ませていた。

桜香院に声をかける前に、監物が静に気づき、辞儀してきた。

「これは奥方さま」

なにも答えず、静は軽く会釈を返した。本当は、それすらもしたくなかった。

相変わらず傲慢な女よ、とでも思ったか、監物が、むっとした顔で黙り込んだ。

監物に構うことなく、静は桜香院にほほえみかけた。

「義母上さま、行ってらっしゃいませ。道中のご無事を心より願っております」

掛け値なしの本音である。

「かたじけない、静どの」

穏やかな笑みとともに、桜香院が感謝の意を口にする。いかにも温和そうな顔を見る限り、一郎太との折り合いが悪いようにはとても思えない。人柄のよい女性としか見えなかった。

——なにゆえ義母上さまは、我が殿と仲がよろしくないのであろう……。

静には不思議でならない。いくら弟の重二郎がかわいくてならないとはいえ、一郎太も桜香院が腹を痛めて生んだ子である。かわいくないということがあり得るのだろうか。

そこに一人の侍が近づいてきた。しっかりとした身なりと風格からして、供頭とおぼしき男である。

「桜香院さま」

立ち止まったその侍が静かに呼びかける。

「じき七つになりましょう。そろそろ行かれますか」

侍が桜香院をいざなう。この者は、と静は侍を見つめて思った。確か花井伸八郎といったな。

そうですね、と桜香院が花井に向かって答える。

「まいりましょう」

「では、こちらにおいでください」

笑みを浮かべて、花井が腰を折る。花井が面を上げたとき、静と目が合った。あっ、と花井が声を上げる。

「これは奥方さま」

ようやく静に気づき、花井が狼狽《ろうばい》したように辞儀する。

「花井どの、ご苦労に存じます。桜香院さまを無事に北山までお願いいたしますぞ」

「はっ、重々承知しております」

恐縮したように花井が頭を下げた。

「では静どの、行ってまいります」

桜香院がにこりと笑いかけてきた。ただし、その笑みはどこかぎこちなかった。

――羽摺りの者に狙われているのを、ご存じだからでしょう……。

もし自分がその立場だったら、やはり不安でならないだろう。

「行ってらっしゃいませ」

ゆるゆると足を進ませ、桜香院が乗物に乗り込んだ。花井が地面に膝をつき、一礼してから引戸を閉める。桜香院の顔が、静の視界から消えた。

星が一杯の夜空を軽く揺さぶるように、七つの時の鐘が聞こえてきた。

「出立っ」

すっくと立ち上がった花井が、朗々とした声を放った。四人の陸尺が乗物を担ぎ上げ、表門が開いた。

同時に、表門のほうから風が吹き込んできた。その風の冷たさに、静は身震いが出そうになった。

最初に単身で花井が門を出ていく。足を止め、付近の様子を見たところで、供の者たちを手招いた。

それを合図に、しずしずと乗物が動きはじめた。

──あの一行を我が殿は追われるのだ。ああ、一緒に行けたら、どんなによいだろう。

またしてもそんな思いが脳裏を横切り、静は拳をぎゅっと握り締めた。

総勢十七人の一行は、静の視界からあっという間に出ていった。

──行ってしまわれた……。

力なく首を振って、静はその場に立ち尽くした。

「奥方さま、戻りましょう。ここは寒いですし、お体に障ります」

「さようですね」

仁美にうなずいてみせた静は気持ちに踏ん切りをつけるように、足早に玄関へ向かった。

四

行灯の灯が揺れ、火鉢の炭が音を立てて弾《はじ》けた。

書物から顔を上げ、監物は屋敷内の気配をうかがった。

だが、出立間際のざわめきは伝わってこない。今はただ、隙間風が部屋に入り込んできただけだ。

——まだ出立の刻限にならぬのか。

心が苛立《いらだ》ってくる。正直、監物は眠くてならないのだ。

眠気覚ましに文机《ふづくえ》に書物を置き、読んでみたものの、逆に眠さは増してきていた。

——よし、もう一眠りするか……。そのほうが早くときがたとう。

そんなことを考えた瞬間、多くの人が発する物音が波のように寄せてきた。馬のいななきも聞こえる。

ようやく刻限になったようだ。安堵の息をついて監物は腰を上げた。

「殿、見送りに行かれますか」

監物のかたわらで、目を閉じて座していた用人の大江田鷹之丞《おおえだたかのじょう》がきいてきた。うむ、と監物は返した。

「では、お供いたします」

「いや、よい」

手を上げて監物は制した。

「なにゆえ」

意外そうに鷹之丞がきく。

「桜香院さまの見送りに出るのは、わし一人でよいからだ。おぬしは、ここで休んでおれ」

えっ、と鷹之丞が声を上げる。

「殿、まことによろしいのでございますか」

「構わぬ。別に、おぬしの警固が要るような仕儀にはなるまい」

「承知いたしました」

ほっとしたように鷹之丞がうなずいた。今が一日で最も寒い刻限だろう。身を縛りつけられるような冷気の中、寒がりの鷹之丞は、桜香院の見送りに出るのは億劫《おっくう》だったのかもしれない。

鷹之丞は恒心流《こうしんりゅう》の免許皆伝であり、黒岩家の家中では一刀流の遣い手として名高い。一郎太にも伍《ご》するだけの腕前ではないかと監物はにらんでいるが、果たしてどうだろうか。

——もし鷹之丞が一郎太に勝てるのなら、万太夫に闇討ちなど頼まずともよいのだが……。だが、やはり鷹之丞では勝つのは無理であろうな。

なんといっても、これまで名だたる遣い手が一郎太に倒されてきたのだ。

——それに、藍蔵もおる。あの男にもだいぶやられておる。

実際、監物の懐刀《ふところがたな》だった大垣半象《おおがきはんぞう》は藍蔵にやられ、黒岩家一の遣い手だった天目蔵人《てんもくくらんど》は、一郎太に討たれた。

一郎太を殺そうとして返り討ちにされたのは、その者たちだけではない。

——よもや羽摺り四天王まで討たれるとは、思わなんだ。なんといっても、万太夫自慢の腕利きだったからな……。

「殿、いかがされましたか」

不意に鷹之丞に問われ、監物ははっとした。先ほど立ち上がったきり、その場で立ち尽くしていた。

「いや、なんでもない」

さっさと足を進ませた監物は襖を開け、廊下に出た。廊下はひどく冷え込んでおり、体が自然に縮こまった。

——なんと、わしも歳を取ったものよ。若い頃なら、このくらいの寒さなど、なんということもなかった。こんなに衰えて、わしはあとどのくらい生きていられるものなのか。

物寂しい思いにとらわれつつ、監物は暗く寒い廊下を歩いた。脇玄関で雪駄を履き、外に出る。廊下とは比べものにならない寒気に包まれた。

——今朝はまことに寒いな。この冬一番の寒さかもしれぬ。

だが、美濃の北山はもっと冷え込んでいるだろう。

——もっとも、そのおかげで出来のよい寒天ができるのだ。厳しい寒さにこそ、感謝せねばならぬ。

玄関のそばに乗物が置かれ、そのかたわらに桜香院が立っていた。三人の腰元が、桜香院を守るように控えている。

大股に近づき、監物は桜香院のそばで足を止めた。場所を空けるよう無言で手を振ると、三人の腰元がうかがいを立てるかのごとく桜香院を見た。

仕方なさそうに、桜香院がうなずいてみせる。三人の腰元が桜香院の後ろに下がった。

腰元の一人は、初江《はつえ》という娘である。目を引く美形で、監物は国元の茶室で一度、よからぬ思いにかられたことがあった。そのときは急な知らせが入り、狼藉に及ばなかったのだが、いずれ手折《たお》ってやろうと心密かに目論《もくろ》んでいる。

「桜香院さま、旅のご無事をお祈りしております」

桜香院の前に立ち、監物は深々と頭を下げた。監物をじっと見据えているだけで、桜香院はなにもいわない。監物を見る目は、冷ややかである。

どうやら、と監物は面を伏せたまま思った。一郎太から知らせがいっているらしく、桜香院は、監物が自分の命を羽摺りの者に狙わせているのを知っているようだ。

——まあ、仕方あるまい。

内心で監物は笑みを漏らした。

——今日が、桜香院の顔を見る最後の機会であろう。なんでもしたいようにさせてやればよい。

余裕の思いを抱いて監物は顔を上げた。

「今朝は格別に寒うございますが、道中、天候に恵まれるとよろしいですな」

相変わらず桜香院はなにも答えない。

「江戸から北山までだいぶかかりましょう。その間に、重太郎さまになにもなければよいのですが……」

これは監物の本心である。

——わしにとっても、重太郎はかわいい孫だからな……。

重太郎の名が出て、わずかに桜香院の表情が動いた。そのとき、こちらに近づいてくる人影に監物は気づいた。腰元らしい女を一人、従えている。

静である。篝火に照らされて、相貌の美しさがことのほか際立っていた。

子だくさんの現将軍には数多くの娘がいるが、すべてが静ほどの美しさを誇っているわけではない。これだけの美形を妻にできた一郎太は運がよいとしか、いいようがなかった。

「これは奥方さま」

監物は丁重に挨拶をしたが、静はそれとわかる程度の会釈を返してきただけだ。なんとも傲慢な女よ、と監物は黙り込んだ。代わりに、心で語りかける。

――静よ。おぬしの大事な人の運も、ついに尽きるときが来たのだぞ。一郎太が死んだという知らせをすぐに受けることになろう。楽しみに待つがよい。

「義母上さま、行ってらっしゃいませ。道中のご無事を心より願っております」

丁寧な口調で静が桜香院に話しかけた。

「かたじけない、静どの」

監物には決して見せることのない笑顔で、桜香院が応じる。そこに、供頭をつとめる花井伸八郎が寄ってきた。桜香院に乗物に乗るよういざなう。

「では静どの、行ってまいります」

静に断って、桜香院がしずしずと乗物に乗り込む。

「行ってらっしゃいませ」

桜香院に向かって静が辞儀した。

花井の号令を受けて表門が開き、桜香院の一行が動き出した。三人の腰元を入れて、総勢で十七人である。

供侍は、花井を含め五人がついていた。もともと桜香院の実家安部《あべ》家の者である。桜香院が百目鬼家に嫁入りする際に、ついてきた者たちだ。

もっとも、今はすべて代替わりし、五人ともほぼ若い侍だけになっている。供頭の花井は三十代半ばで、いちばん年上である。

——あの者たちも、道中に羽摺りの者に襲われたら、死ぬしかないのだな。いや、それはさすがにまずいか……。

眉根を寄せ、監物は考え込んだ。

——なにしろ、安部家の当主信忠《のぶただ》どのは奏者番《そうしゃばん》だからな……。

桜香院の実の兄だ。桜香院が諏久宇の返上話をまず持っていったのは、信忠である。奏者番は三十人近くいるとはいえ、公儀の要人であるのはまちがいない。その家から百目鬼家にやってきた者がことごとく殺されたとしたら、さすがにただでは済まないのではないか。

監物自身、百目鬼家を取り潰しの目に遭わせたくはない。自分が路頭に迷う羽目になってしまう。

——だが、一万両近い裏金があるゆえ、主家が取り潰されたところで、暮らしに事欠くようなことはないのだが……。

それでも、主家の取り潰しだけはなんとか回避したい。一郎太さえ殺せば、これからも裏金は入ってくるのだ。

三万石の所帯でしかない百目鬼家がひどく困窮した時代を知っている身としては、金に困らない暮らしは、ありがたいことこの上ない。

——いや、今は暮らしのことなどどうでもよい。桜香院は、自身が狙われていることを、信忠どのに知らせているのではあるまいか。

だとしたら、家来を殺すのは余計にまずい。五人の警固の士とともに桜香院が死んだら、まちがいなく監物は使嗾《しそう》を疑われるであろう。

それでも、と監物は断固として思った。桜香院には死んでもらわなければならない。

――となれば、自然に死んだように見せかけるのが一番の手であろう。

どこかの宿場で、万太夫に散須香を使ってもらうのがよいのではないか。散須香なら、自然に死んだように装える。

寒風が吹きつける中、桜香院の一行が表門を出ていった。五人の供侍、三人の腰元に、あとは乗物の駕籠舁《かごかき》と荷物持ちの中間や小者たちである。大きな行李が載った馬が一頭、引かれていた。

監物は、表門が閉まるまでその場に立っていた。監物自身、正直にいえば、今日にでも江戸を発ち、北山に向かいたい。やはり、重太郎の身が案じられてならないのだ。

だが、自分は江戸家老という重職にある。さすがに、思うがままには出立できない。始末しなければならないことが多すぎるのだ。

寒風に追われるように、監物は部屋に戻った。襖を開けた途端、ぎくりとして体がかたまった。部屋の真ん中に、真っ黒の人影がうずくまっていたからだ。

監物は、息が止まるような思いがした。人影が体を起こした。

「万太夫ではないか」

喉の奥から、ようやく声が出た。

「監物どの、ずいぶんな驚きようだな」

あざ笑うような顔で、万太夫は監物を見ている。

「ああ、驚いた。わしは肝が小さいゆえな」

「まことそのようだ」

監物を小馬鹿にしたような言葉を、万太夫が吐く。むっ、と監物は目を怒らせて万太夫を見た。人に見下されるようないい方をされるのは、むかっ腹が立つ。

「怒ったか」

「いや」

そうか、と万太夫がうなずいた。

「座ってくれ」

万太夫にいわれ、不快な思いを抑えこんで監物は向かいに座した。

「ところで、ここに鷹之丞という男がいたはずだが……」

姿がないことに気づき、監物は万太夫に質した。

「ああ、あの男か。隣の間で眠ってもらっておる」

背後の襖を指さし、万太夫が薄く笑う。

「そうか、眠っておるのか……」

気絶させられたのだな、と監物は思った。

――いくら相手が万太夫とはいえ、あっさりやられてしまうなど、やはり鷹之丞では一郎太の相手にならぬな……。

一郎太の刺客に差し向けるのは、あきらめるほうがよさそうだ。

「ところで監物どの、話がある」

肩を一つ揺すった万太夫が顔を寄せてきた。

「なにかな」

面を上げて監物はきいた。どこか自慢げな笑みを浮かべて万太夫が語る。

すぐに話は終わった。ほう、と監物は感嘆の声を漏らした。

「一郎太の右腕をもいだか」

ああ、と万太夫が答えた。

「興梠《こうろぎ》弥佑《やすけ》という者だ。かなりの遣い手だったが、わしの敵ではなかった」

「よくやった。これで、一郎太の息の根を止めやすくなったであろう」

ふふ、と万太夫が声を出して笑う。

「我が配下だった四天王の朱雀を殺《や》ったのは、興梠弥佑であろう。わしは、その仇《かたき》を討ちたくもあった。とにかく、一郎太を殺し損ねるわけにはいかぬ。右腕というのは、もいでおかねば、必ず邪魔するようにできておる」

その通りかもしれぬ、と監物は思った。

「だが、まだ神酒藍蔵が残っておるぞ」

「あやつも殺す。神酒藍蔵には青龍を殺られたからな。だが、あやつは一郎太並みにしぶとい……」

血が出そうなほど強く唇を噛み、万太夫が渋面をつくった。これほど感情を露わにするとは、珍しいこともあるものだ、と監物は万太夫をしげしげと見た。

「桜香院の一行には、必ず一郎太が警固につくのだな」

咳払《せきばら》いをして監物は万太夫に確かめた。

「おそらく、つかず離れずだろう……。桜香院を囮《おとり》にして、わしは一郎太を殺す」

決意のほどを吐露した万太夫が、不気味に笑んだ。

——必ず殺るのだぞ。しくじるな。

心密かに監物は万太夫に命じた。

「ところで、先ほど庭に出てきた若い女は何者だ」

思い出したように万太夫がきいてきた。

「若い女だと……」

——こやつはどこからか盗み見ていたのか。

忍びの習性であろう。別に、腹も立たなかった。

「桜香院と親しげに話をしていた女だ」

ああ、と監物は合点した。

「静のことか。一郎太の奥方だ」

「奥方だと……」

万太夫が、殺気を全身にみなぎらせた。一郎太の大事な者をすべてあの世に送り込みたくてならないのだろう。

「万太夫、手を出すな」

監物はすぐさま押しとどめた。

「なにゆえ」

鋭い声で万太夫が質してきた。監物の返答を待たずに言葉を続ける。

「将軍の娘だからか」

「そういうことだ。下手に手を出せば、主家に危難が及びかねぬ」

「今の将軍は子だくさんだったな。奥方として、各地の大名家にいったい何人の娘を送り込んだものか……」

「将軍には、数えきれぬほどの御子《おこ》がおる。だからといって、もし静の身になにかあれば、ただでは済まされぬ。静は将軍のお気に入りだ」

「気に入りか。ならば、まことにただでは済まされぬであろうな。しかし、実によい女だ。ふるいつきたくなるほど美しい」

万太夫が舌なめずりをする。その様子が得体の知れない獣に見え、監物は内心で怖《お》じ気《け》を震った。

「万太夫、桜香院を殺すとして、どのような手立てを取るつもりだ」

ごくりと唾を飲み込んで、新たな問いを監物は放った。

「知れたこと」

あっさりと万太夫が口にする。

「散須香を使う」

その言葉を聞いて監物はほっとした。

「それは重畳……。万太夫、どこで散須香を使うのだ」

「旅の最初の宿で殺るのがよかろう。桜香院の一泊目がどこの宿場になるか、おぬし、聞いておるか」

「八王子《はちおうじ》宿だ」

「八王子か。ここから十里ほどか……」

「今の時季ゆえ、日が暮れるのが早い。女旅でもあり、十里も進めば十分すぎるほどであろう」

「桜香院が泊まるのは、八王子のなんという宿だ」

「母衣屋《ほろや》という脇本陣だ」

「母衣屋だな」

万太夫が目をぎらりと光らせた。

「もし母衣屋で万が一しくじったとしても、どこかほどよい場所で、野盗や追い剝ぎの類の者を装って殺してやる。その場合、供の者は一人だけを残して、あの世に送ることになろうが、構わぬな」

一人だけ生かしておくのはなにゆえだ、と監物は考えた。

——野盗にやられたと、宿場役人へ言わせるためだ……。

「そ、そうか。警固の士を殺すか……。仕方あるまい」

万太夫のあまりの非情さに、監物は息をのむ思いだ。やはり忍びという生き物は怖いものよ、と実感する。

——桜香院が死んだとしても、野盗や追い剝ぎの仕業と決まれば、安部家へのいいわけはいくらでも立とう……。

むろん、安部信忠は闇討ちされたのではないかと疑うであろうが、万太夫なら証拠など一つも残さないはずだ。信忠にいくら詰問されようとも、監物はしらを切り続ければよいのだ。なんとかなるかもしれぬ、とほくそ笑んだ。

「して万太夫、一郎太はどこで殺る気でおるのだ」

少し身を乗り出して、監物はさらに問うた。

「まだ決めておらぬ。だがやつがどこにいようと、わしは決して見逃さぬ。もしやつが少しでも油断を見せたら、瞬時に殺す」

監物を瞬きのない目で見て、万太夫が断じた。まるで蛇のような顔つきをしておる、と監物は思った。

「では、今から桜香院と一郎太を殺しに行ってまいる」

決然と宣した次の瞬間、監物の眼前から万太夫の姿が消えた。

なにっ、と監物は目をみはった。身じろぎしようとしたが、できなかった。あまりの驚きに腰が抜けたようだ。

——やつはどうやったのだ。霧散したとしか思えぬ。やはり化け物だな……。

万太夫のすさまじいまでの技の切れに、監物は言葉もなく呆気《あっけ》にとられるしかなかった。

——万太夫に命を狙われた以上、一郎太の運命はもはや定まったとしかいいようがあるまい……。

一郎太に万太夫の牙を逃れる術《すべ》はなかろう、と監物は思った。

五

主殿の裏庭の木陰に立ち、万太夫は指笛を吹いた。

百舌《もず》の鳴き声に似た音がたつ。

数拍後、配下の燕《つばめ》の五郎蔵《ごろぞう》がどこからともなく姿を見せ、万太夫の前に膝をついた。

五郎蔵は、忍び装束に身をかためている。

「お頭、お呼びでございますか」

うむ、と万太夫は顎を引いた。

「五郎蔵、一郎太はあらわれたか」

「はっ、あらわれましてございます。先ほどこの屋敷に忍んでまいりました」

低い声で五郎蔵が告げる。

「やはり、にらんだ通りであったか。やつは静に会いに来たのだな」

「御意《ぎょい》」

「五郎蔵、手はず通りやつを襲ったのか」

はっ、と五郎蔵がかしこまった。

「床下にひそみ、やつが来るのを待ちました。その上で、襲いかかりました」

「首尾は」

五郎蔵の目が険しいものになった。

「まことに申し訳ありませぬ。しくじりましてございます」

深々とこうべを垂れた。

「しくじったか……」

これについては、端《はな》から織り込み済みである。万太夫は、五郎蔵に一郎太が殺れるとは思っていなかった。幸運がいくつか重なれば、一郎太をこの世から除けるかもしれぬと考えただけだ。

「五郎蔵、吹き矢はやつのすぐ近くで放ったのだな」

一応、万太夫はたずねた。

「はっ。まずは苦無でやつの体勢を崩した上で四間まで近づき、吹き矢で狙いましてございます」

「四間まで近づいていて、やり損ねたか……」

はっ、と悔しげに五郎蔵が首肯する。

「まことに申し訳なく存じます。毒を塗った吹き矢を刀の柄で受けられました」

「ほう、柄でな……」

一郎太は憎き敵だが、剣術の腕前に関しては、さすがとしかいいようがない。

――真っ暗な床下で、目にもとまらぬ吹き矢を柄で受けるとは、並みの者にできる業《わざ》ではない。四天王や黄龍たちがことごとく討たれたのも、致し方ない仕儀であったか……。


「よし、五郎蔵。もう一郎太はよい。きさまには新たな役目を与えよう」

「はっ、どのような役目でございましょう」

忠実な飼い犬のような目で、五郎蔵が万太夫を見上げる。

「静をかどわかすのだ」

「承知いたしました」

一切の迷いを感じさせない声で、五郎蔵が答えた。

「よいか、決して静を傷つけるな。傷一つ負わさずに、かどわかすのだ」

「わかりましてございます」

「静を手中にできれば、いろいろと使い道があろう」

――一郎太との戦いの際、人質としても十分に使える。

だが万太夫には、ほかにも目的があった。あの美しい女を、なんとしても味わいたくてならなかったのである。

六

部屋の前に来ると、前に進み出た仁美がいち早く襖を開けた。

「ありがとう」

静はにこやかに笑いかけた。敷居を越え、部屋に入る。

中は火鉢の余韻か、ほっとする暖かさが残っていた。

火箸を使い、仁美が火鉢の灰から炭を取り出す。みるみるうちに炭が熾《お》きはじめた。

赤々と燃える炭に、静の目は引きつけられた。瞬きもせずに見ていると、静の中で強い衝動が湧き上がってきた。

——刀を振りたい。

静は、無性に愛刀を握りたくなっている。

「相模守《さがみのかみ》を出してくれますか」

火鉢に新たな炭を入れはじめた仁美に、静は頼んだ。

「奥方さま、今から刀を振られるのでございますか」

手を止めて静に目を当てている仁美は、別に驚いた風ではない。ただ、静に確かめているだけだ。静が刀を出すようにいうのは、よくあることに過ぎない。

「そのつもりです。外は寒かったのに、今は体が熱くなって……。刀を振って熱を発散したいのです」

「承知いたしました」

炭を入れ終えた仁美が立ち上がり、かたわらの押し入れの引き出しを開けた。

「奥方さま、どうぞ」

引き出しから取り出した刀袋を、うやうやしく差し出してくる。

「ありがとう」

礼を述べて、静は刀袋を手にした。ずしりとした重みがある。

この刀は相模守在貞《ありさだ》といい、父から贈られた名刀である。父によれば、在貞は不世出の刀工らしい。

もし百目鬼家が金に困るようなことがあれば売ればよい、と父は笑っていた。二千両にはなるとのことだ。

この刀を売って二千両を得られるのであれば、百目鬼家にとって、大きな助けになるのは疑いようがない。

――そんな日が来なければよいけれど、備えがあるというのは、とてもよいことね。

「仁美、しばらく一人にしてください」

刀袋をかき抱くようにして静は申し出た。

「承知いたしました」

低頭して、仁美が隣の間に下がる。襖が閉まったのを見て静は端座し、刀袋から在貞を取り出した。

在貞を抜いて、立ち上がった。一礼して、正眼《せいがん》に構える。

研ぎ澄まされた刀尖《とうせん》は、冷え冷えとした光を帯びている。それを見つめているうちに、静はなにか別の世界へ連れていかれるような境地になった。

すでに刀の重みが感じられなくなっている。まるで在貞が腕と一体になったかのようだ。

頃おいだ、と静は断じた。構えを八双《はっそう》に移し、心の中で、えい、と気合をかけて在貞を振り下ろした。

——ああ、なんて心地よい……。

体にたまっていた悪い物が、外に出ていくようだ。

——無心よ、無心。

なにも考えぬことを心がけて、静は在貞を振り続けた。

やがて静には、在貞が風を切る音すらも聞こえなくなった。

汗がうっすらと額に浮いた頃、不意に隣の部屋から小さな悲鳴が聞こえた。

——今のは……。

在貞を握り直した静は襖に近づき、さっと開けた。行灯の明かりに照らされて、仁美がうつ伏せに倒れていた。

「仁美っ」

鋭く呼びかけて静は近づいた。膝を折り、仁美の様子を見ようとした。

そのとき、横合いから影が突っ込んできた。柿色の忍び装束で身をかためているのが一瞬で知れた。

――羽摺りの者だ。

直感した静は、痴れ者《しれもの》っ、と叫んで在貞を横に払った。

しかし、賊は軽々と跳躍して斬撃をかわした。静の懐に跳び込んでこようとする。

賊が、当身《あてみ》を食らわそうとしているのを静は知った。

――私を気絶させるつもりか。

素早く体《たい》を開いて当身をかわし、静は在貞を手元に引き寄せた。柄頭で、賊のこめかみを殴りつける。

がつっ、と鈍い音がし、賊がふらりとよろけた。だが、なおもあきらめずに体勢を立て直すや、手刀を振り上げた。狙いは静の首筋のようだ。

静には、賊の手刀がはっきりと見えていた。さっと頭を下げてくぐり抜けるようにかわすや、えいっ、と気合を放ち、柄頭を下から突き上げた。

柄頭が賊の顎を打ち、またしても、がつっ、と音が響いた。賊の両膝が割れ、体が前のめりになる。

その瞬間を逃さず、静は在貞を袈裟懸《けさが》けに振り下ろしていった。胸に激しい怒りが渦巻いており、手加減する気など一切なかった。

だが、斬撃は空を切った。体をねじることで、賊はぎりぎり在貞をかわしてみせたのである。

——なんと。

信じられない動きだったが、間髪を容れずに静は胴に在貞を振っていった。だが、これも肉を斬る手応えは伝わってこなかった。

——かなりの腕利きだ。

素早く在貞を引き戻した静は、さらに上段から攻撃を加えた。だが、その斬撃も賊には当たらず、むなしく宙を裂いた。

気づくと、目の前から賊が消えていた。むっ、となり、静は視線をさまよわせた。いつの間にか跳躍していた賊が、天井に開いた穴にするりと身を入れるのが見えた。一枚分の天井板がずれていた。賊は、あそこからこの部屋に入り込んだのだろう。

すぐには去ろうとはせず、賊はじっとしていた。忍び頭巾からのぞく二つの目が、静を憎々しげににらみつけている。次は殺す、といいたげに見えた。

不意に賊の顔が消えた。天井裏を音もなく駆け出したのがわかった。

静に追う気はなかった。天井裏に逃れた忍びを追うだけ無駄だろう。

本当に羽摺りの者は去ったのか、静は注意深く気配を嗅いだ。大丈夫だ、と判断し、在貞を鞘に戻して仁美に近づく。

畳に膝をつき、仁美、と呼びかけた。応えはないが、仁美はしっかりと息をしていた。

賊に当身を食らい、気を失っただけだろう。どこにも怪我をしている様子はない。

胸をなで下ろした静は優しく仁美を抱き起こし、背後から活《かつ》を入れた。

うっ、とうめくと、仁美が顔を上げた。ここはどこだろう、というようにあたりを見回す。

「仁美」

静が呼ぶと、仁美が首を回してきた。仁美と目が合い、静はにこりとしてみせた。

「あっ、奥方さま」

あわてて仁美が静に向き直り、端座する。

「あの、私はいったい……」

自分の身になにが起きたのか、仁美はわけがわからないようだ。静はどんなことがあったか、話してきかせた。

「えっ、賊が天井からこの部屋に……」

天井板がずれた穴を見上げた仁美が、一瞬にして青ざめる。

「それで、私は賊に気絶させられたのでございますか。その賊を、奥方さまが退治されたのでございますね」

「退治はできなかったけれど、なんとか追い払った」

「それはすごい」

一転して感嘆の声を発し、仁美は目を丸くした。顔に赤みが戻ってきている。

「日頃の鍛錬の成果ね」

「ああ、さようにございますね」

「仁美、立てる」

「はい、立てると思います」

よいしょ、と声をかけて立ち上がった仁美は、ふらつかなかった。

「ああ、大丈夫ね。よかった」

手を合わせて喜んだが、静はすぐに表情を引き締めた。

──羽摺りの者は、私をかどわかしてどうする気だったのかしら……。

即座に見当がついた。近い将来、羽摺りの者が一郎太と決着をつけるとき、静を人質とする気ではなかったのか。

首に刃を押しつけられた静を目の当たりにしたら、一郎太は刀を捨てざるを得ない。もしそれがうつつのことになったら、いったいどうなるか。結果は火を見るより明らかである。

勝つために忍びは手段を選ばぬ、と聞いたことがある。

——私をかどわかそうとするなど、それだけ我が殿が手強《てごわ》いということだろう。羽摺りの者が、本気で一郎太を倒そうとしている証《あかし》以外のなにものでもない。もしかしたら、羽摺りの者の狙いは桜香院ではなく、一郎太かもしれない。

——でなければ、私をかどわかそうとはせぬ。

ぎゅっと奥歯を嚙み締めて静は、こうしてはおられぬ、と決意した。

——私も旅立たねば。

「仁美」

やや厳しさをにじませた声音で、静は侍女を呼んだ。

「はい、なんでございましょう」

臆したように仁美が静を見る。

——ああ、仁美がおびえている。これはいけない。

にこりとして、静は肩から力を抜いた。

「私は旅立ちます。支度を頼めますか」

「えっ、旅立たれるのでございますか。奥方さま、まことに……」

目を大きく見開いて仁美がきく。

「ええ、まことです」

気負うことなく静は答えた。

「北山へ行かれるのでございますね」

「そのつもりです」

「承知いたしました」

静を見つめて仁美が深くうなずいた。女として、静の気持ちを解している顔だ。

「すぐに支度に取りかかります」

ありがとう、と静は礼を述べた。

七

上屋敷をあとにした桜香院一行がまず目指しているのは、甲州街道であろう。

夜明けまであと一刻近くあり、江戸の町はまだ暗いままだが、半町ばかり離れている一行を一郎太は目でしっかり捉えている。ちらりと後ろを振り返ると、一郎太の背後を歩く藍蔵と目が合った。

「月野さま、なにか感じましたか」

案じ顔の藍蔵にきかれた。一郎太はかぶりを振った。

「いや、なにも感じぬ。ただ、万太夫のことが気になるだけだ」

ああ、と合点のいったような声を藍蔵が上げた。

「やつは我らの後ろに続いているかもしれませぬな……」

「まちがいなく続いているだろう」

——やつには俺たちの姿が、はっきり見えているにちがいない。

だがそれも致し方あるまい、と一郎太は思った。ほかに、桜香院を守る手立てがないのである。いつ羽摺りの者が桜香院に襲いかかるか、わかったものではない。だから、あまり離れているわけにはいかない。離れすぎていれば、駆けつける前に桜香院が殺されてしまうかもしれないのだ。

——半町が、母上のお命が救えるぎりぎりの距離であろう。

一郎太はそう踏んでいる。

「桜香院さまは今宵《こよい》どこの宿に泊まられるか、月野さまはご存じでございますか」

「うむ、知っておる。八王子宿の母衣屋《ほろや》という宿だ」

「そこは旅籠《はたご》でござるか」

「いや、脇本陣だ」

「では、よそより宿代は高うござるな」

「そうだろうが、母上をただの旅籠に泊めるわけにもいかぬ」

「さようでございますな」

どこかのんびりとした調子で、藍蔵が同意する。藍蔵はどんなときでも、ゆったりとした物腰を崩さない。

頭に血が上りやすい一郎太に、冷静さというものをいつも思い起こさせてくれる。一郎太にとって、藍蔵の存在はありがたくてならない。無二の者といってよい。

「万太夫も、桜香院さまが母衣屋に泊まることを知っておりましょうか」

「知っていような。そのあたり、やつらに抜かりはなかろう」

「まあ、そうでございましょうな」

少し悔しそうに藍蔵が相槌《あいづち》を打つ。

「桜香院さまが泊まるのが母衣屋だと知っているなら、先回りして万太夫がなにか細工をしませぬか」

「十分に考えられるが、母上から離れるわけにはいかぬ」

「それがしが、一足先に八王子宿にまいりましょうか」

「いや、それはやめておいたほうがよい」

すぐさま一郎太は止めた。

「なにゆえでございますか」

「二手に分かれると、どうしても手薄になるからだ」

「ああ、さようにございますな。もしこの先で桜香院さまが襲われたとき、一人では守り切れぬかもしれませぬ」

「それに、母衣屋で万太夫がなにか細工したとしても、俺たちが同じ宿所にいれば、なんとかなるのではないか」

「おっしゃる通りでございますな」

「もし二手に分かれるとすれば、弥佑がいればよいのだが……」

「そういえば、このところ弥佑どのの姿が見えませぬな」

「うむ、おらぬ」

「近くにいるのですかな」

藍蔵はあたりを見回しているようだ。

「多分そうであろう」

姿は見えないが、きっとそばに付き従っているものと、一郎太は信じている。

——弥佑は、万太夫の居場所を探り出すといっていたが、果たしてうまくいったのだろうか。

今のところ弥佑からつなぎはない。まだ探索の最中なのかもしれない。

——弥佑の身になにもなければよいが……。

決して無理はするな、と一郎太は改めて弥佑に命じたかった。

——それでも、あの男が近くにいるのはまちがいなかろう。

「弥佑どのの身に、なにかあったのではありませぬか」

心配そうな声で藍蔵が弥佑を案ずる。

「弥佑に限って、そのようなことはないと思うが……」

「弥佑どのの腕前は、まことにすさまじいですから。確かにあれだけの腕の男を害することができる者など、この世におらぬかもしれませぬ」

自分に言い聞かせるように藍蔵がつぶやく。ちらりと後ろを見、一郎太は背後の気配を嗅いでみた。相変わらずなにも感じない。

「もし弥佑の身になにかあったとしたら、羽摺りの者にやられたことになろうが、あれだけの腕を持つ男が、たやすく倒されるとは、俺には思えぬ」

「もし万太夫とじかに戦ったとしたら、どうでございましょう」

顔を見ずとも、藍蔵が難しい表情をしているのが一郎太にはわかった。

「万太夫か……」

歩きながら一郎太は腕組みをした。自然に眉根が寄る。

——万太夫の居どころを探り出し、弥佑は対決に至ったかもしれぬ……。すさまじいままでの技を誇っているはずの万太夫の腕がどれほどのものか、正直、俺は知らぬが、もしや弥佑が後れを取るほどの腕前なのだろうか。

いや、と一郎太は心中で首を横に振った。

――今は、つまらぬことを考えぬほうがよかろう。

なにしろ、言葉には魔力がある。言霊というものだ。口にすると、うつつのことになりかねない。思うだけでも駄目なのではないか。

――弥佑のことだ。相手が万太夫だったとしても、無事に決まっておる。いずれ元気な顔を見せてくれるであろう。いや、そうではないのか。

いやな予感が一郎太の胸の内を走り抜けていった。

――まことに弥佑は万太夫にやられてしまったのだろうか。だから姿を見せぬのか……。

「案じられますが、月野さま、弥佑どのはきっと大丈夫でございましょう」

後ろから藍蔵が気を取り直したように語りかけてきた。

「俺もそう思いたいが……」

「仮に相手が万太夫だったとしても、あれだけの遣い手がやられるとは、それがしにはとても思えませぬ。あるいは、怪我を負ったかもしれませぬが、命に別状はないのではないでしょうか」

「それならよいのだが……」

「すぐに元気な顔を見せてくれるにちがいありませぬ」

「うむ、その通りだな」

一郎太も、弥佑が無事であるのをかたく信ずることにした。今は桜香院の警固に専念するしかないのだ。

「ところで月野さま」

後ろから藍蔵が呼びかけてきた。

「なんだ」

一郎太は首を回して藍蔵を見た。

「月野さまは、隠居届のやり方をご存じでございますか」

「知らぬ」

一郎太があっさりと答えると、えっ、と藍蔵が意外そうな声を上げた。

「ご存じないのでございますか」

「知らぬさ。まさか、こんなに早く隠居することになろうとは、夢にも思っていなかったゆえ。藍蔵は知っておるのか」

「実を申せば、それがしも知りませぬ」

「なんだ、そうなのか」

「月野さまが桜香院さまに隠居すると明言されたので、それがしは後学のためにうかがおうと思ったのでございますよ」

「そうだったか。ならば、重二郎に会ったときにきいてみるとしよう。重二郎は物知りゆえ、きっと承知しているであろう」

「ああ、さようでございましょうな」

納得のいったような声を藍蔵が発した。すぐに言葉を続ける。

「多分でございますが……」

「なにが多分だ」

「隠居届の手順でございます」

「なんだ、まだその話は続いていたのか」

はい、と藍蔵が答えた。

「まずは、上さまにお目通りをするのではないかと存じます」

うむ、と一郎太はうなずいた。

「そうかもしれぬ。じかにお目にかかり、これまでのご厚情に感謝し、お暇《いとま》をお願いするのは当然のような気がする……」

「静さまのお父上でもありますし、ご挨拶を欠かすわけにはまいりませぬな」

「とにかく、すべては北山に着いてからだな」

強い口調で一郎太は言い切った。

一郎太と藍蔵は堂々と姿をさらしている。姿を隠す気はまったくないらしく、桜香院一行の半町ほど後ろに続いている。気を張っているようにも見えない。なにかのんびりとしたものを万太夫は感じた。

——あの二人は、まさかこの旅を楽しんでおるのではあるまいな。いや、まことにそうかもしれぬ。

この分なら、いつでも殺せるのではないか。

だが、決して気を緩めることはできない。

ならば、と万太夫は思った。興梠弥佑と同様、飛び道具で殺してしまうのがよいのではないか。そのほうが手がかからない。

興梠弥佑がおらぬのなら、と万太夫は思案した。どこか見晴らしのよい峠から狙い撃ちにするのがよいかもしれない。

——飛び道具を用いるのはよいな。

万太夫としては、一郎太をくびり殺してやりたいのだが、遠くから殺せるのなら、それに越したことはない。

——よし、よい場所を見つけたら、一郎太を狙い撃ちしてやる。ついでに藍蔵も殺してやる。やつは青龍の仇だ。

一町ほど先を行く一郎太と藍蔵の姿を見やって、万太夫はほくそ笑んだ。

――五郎蔵は静をかどわかせただろうか。

できたに決まっておる、と万太夫は思った。歳若い女をかどわかすなど、寝たきりの病人を殺すよりもたやすいだろう。

じき一郎太の妻を思い切りいたぶることになる。

そのときが来るのが、万太夫は待ちきれなくなっている。

八

目を開けた。

興梠弥佑は、そのつもりだった。

だが、なにも見えない。真っ暗なのだ。

――俺は目を開けておらぬのか。

いや、そんなことはない。瞬きはできているのだ。

――なにゆえなにも見えぬ。

それだけではない。全身が痛い。耐えきれないほどの痛みだ。

だが、と弥佑は思った。

――この痛みのせいで、俺は目を覚ましたようだ……。

なにゆえ俺はこんな羽目に陥っているのだろう、と興梠弥佑は思い出そうとした。息も苦しい。うまく呼吸ができていないのがわかった。

このままでは死んでしまうぞ、とあわてそうになったが、落ち着け、とすぐさま自らに命じた。

今こうして生きているということは、わずかながらも息はできているはずなのだ。すぐには死ぬようなことはあるまい、と弥佑は判断した。落ち着け、落ち着くのだ、と言い聞かせているうちに、徐々にではあるが、平静さを取り戻していくのがわかった。

――さて、俺はどこにいる。

なにゆえ目を開けてもなにも見えないのか。どうやら、目が利かなくなったわけではなさそうだ。

なにか生ぐさい感じからして、湿った土の中にいるような気がする。

――なにゆえ俺は土に埋まっている。

痛みをこらえて、弥佑は手足を動かそうとした。だが、万力《まんりき》に挟まれているかのように、まったく動かない。

やはり、全身がすっぽりと土に埋まってしまっているようだ。息ができにくいのも、身動きができないのも、土に埋まっているのなら、当然であろう。

――なんとしても、ここから出ねば。

こんな場所からは、一刻も早く逃れなければならない。もし上から土が崩れてきたら、本当に生き埋めになって死んでしまうかもしれない。

体は痛いが、力を込めて弥佑は身じろぎしようと試みた。その瞬間、右胸に、ずきり、と鋭い痛みが走った。

その痛みで、そうだった、となにが自分の身に起きたか、明瞭に思い出した。

――俺は万太夫にやられたのだ……。

まさに完敗としかいいようがなかった。

――まさか忍びが短筒を用意しているとは、夢にも思わなんだが……。

万太夫との戦いに敗れて逃げ出し、弥佑は嶺暝寺《れいめいじ》という寺の墓地に入り込んだ。子供の頃の遊び場だった墓地内を走っているうちにいきなり地面が陥没したのまでは覚えている。

墓地に体が埋まり、そのまま気を失っていたにちがいない。

――俺は墓場にいるのか……。

神隠しに遭って姿を消してしまう子供の話をよく聞くが、そのほとんどは墓地で遊んでいるうちに地面が陥没し、生き埋めになってしまうからではないかともいわれている。

むろん、真偽は定かではない。だが、こんなことが実際にあるのなら、神隠しの話は真実を衝《つ》いているのではあるまいか。

——だが、地面が崩れ落ちたおかげで俺は救われたのだな……。

もし土に埋まらなかったら、必ず万太夫に追いつかれ、とどめを刺されていただろう。

土の中で気を失ったからこそ、万太夫も弥佑の気配を感じ取ることができなかったのだ。

——よくぞ土が崩れてくれたものだ。これも優しかった和尚の導きかもしれぬ。

ありがたし、と弥佑は感謝した。

——とにかく、なんとしてもここから出なければならぬ。

ふと、なにかがそばにあるのが知れた。妙に臭い。

これは死臭だ、と弥佑は覚った。棺桶《かんおけ》に入った死骸が、すぐそばにあるのだろう。

この寺が廃されてからかなりの年月がたっているために、まだこの程度の臭いで済んでいるのではあるまいか。

もし葬られて間もなかったら、耐えきれないほどの臭いを放っているにちがいなかった。

——万太夫は、俺が出てくるのを地上で待ち構えているだろうか。いや、それはなかろう。

小さく息を吸って弥佑は断じた。もしここに弥佑がいるのがわかっていたら、土をかいてでも必ずとどめを刺したはずだ。

そうしなかったのは、弥佑を見失ったからにほかならない。

——とにかく外に出なければ……。

痛みをこらえて弥佑は力を振りしぼった。両腕を動かそうとしているうちに、右手の土がわずかに緩んできたのを感じた。

——もうすぐだ。

だが、あわてて右手を動かすわけにはいかない。土が崩れないとも限らないからだ。

慎重に右手を動かし続ける。すると、すぽんと抜けて自由になった。

右手が使えれば、あとはさして難しくはなかった。左手が埋まっている土を掘り出し、さらに太もももあたりの土を必死にかいた。

四半刻ばかりかかったが、ほぼ全身が自由に動くようになった。

それから頭上の土を静かに取りのけていった。ゆっくりと土をどけていくと、やがてなにか小さな光が見えた。

あれは、と弥佑は目を凝らした。星ではないか。
まちがいない。穴が開き、夜空が見えはじめたのだ。
両手を使い、必死に土をかいた。穴が大きくなり、降るような星が望めるようにな
った。同時に、新鮮な大気が流れ込んでくる。文字通り生き返った気分になって、弥
佑は外に出た。
まともに息が通じるようになり、心の底からほっとした。強く吹き渡る冷たい風が、
甘くすら感じられる。
人心地がつくと、再びひどい痛みを覚えた。我知らず、うめき声が出そうになる。
見ると、体の二箇所に重い傷を負っているのが知れた。肩と胸である。
どこかで手当をしなければならない。
——俺の手当では駄目だ。腕のよい医者に診てもらわぬと、命に関わる。
いや、名医に診てもらっても、もはや無駄かもしれない。弥佑は、それほど重い傷
を負わされたのだ。
——強敵だった……。
信じられないほど万太夫は強かった。あの強さがあるのに、念押しをするように短
筒まで使ってきた。
——忍びは新しい物が好きだからな……。

なんでも取り入れようとする精神がある。それは忍びの血を受け継ぐ自分も同じである。

弥佑はふらふらと歩き、嶺瞑寺の境内《けいだい》を横切った。朽ちかけそうな山門を抜ける。階段をゆっくりと下りた。

道に人けはない。

――月野さまは大丈夫だろうか。

あんな化け物のような男に命を狙われているのだ。

――この体では、俺はもはや月野さまを守れぬ……。

あるじである国家老の神酒五十八《いそや》から命に替えても守り通すようにといわれていたのに、肝心なときに一郎太の警固につけなくなった。

――俺は大馬鹿者だ。

決して無理をするなと一郎太にいわれていたのに、従わなかった。

――万太夫を甘く見ていたのだ。

自分の腕に過信もあった。

――大馬鹿者だ。

よろよろと歩きつつ、弥佑は自らを罵った。今はそれくらいしか、できることがなかった。

医者らしき家は、どこにも見つからない。

——要らぬときはいくらでも目に入ってくるのに、いざというときはまったく見当たらぬ。

意識が途切れがちになり、歩くのも、おぼつかなくなった。

——こいつはまずい……。

あと少しで、路上に昏倒《こんとう》するのはまちがいなかった。

弥佑は、おのれの死が間近に迫っているのを実感しはじめていた。

第二章

一

日が翳《かげ》った。一町ほど前を行く一郎太と藍蔵の姿が、日陰に包み込まれたかのように見えにくくなった。

菅笠《すげがさ》を傾け、万太夫は空を見上げた。北から押し寄せてきた灰色の雲が、中天にある太陽を隠しつつある。

厚い雲の群れは、みるみるうちに幾重にも折り重なっていく。同時に風が強くなり、寒さが増してきた。太陽は完全に見えなくなり、あたりは夕刻ほどの暗さになった。

雪になるようだな、と菅笠をかぶり直して万太夫は思った。空を一気にうずめた灰色の雲は雪雲であろう。故郷の御嶽山《おんたけさん》で、冬に重く垂れ込める雲と同じである。

軽く息を入れて万太夫は、一郎太と藍蔵に目を戻した。二人は桜香院一行と半町ばかりの距離を置き、乗物の速さに合わせてゆったりと歩いている。

——わしが後ろにいるのを、一郎太は知っておるだろうか。

瞳に力を込めないように気を配りつつ、万太夫は一郎太をにらみつけた。下手に見つめすぎると、一郎太に眼差《まなざ》しを感じ取られかねない。

——いや、知っておるはずがない。

もし万太夫がここにいるとわかっていたら、もっとぴりぴりした物腰であるはずだ。だが一郎太と藍蔵には、切迫した様子がない。

——わしは桜香院などに、うらみはない。この手でくびり殺したいのは、百目鬼《どうめき》一郎太、きさまだ。

一瞬、大事な配下を何人も殺された怒りが沸き立ち、万太夫は我を忘れて殺気を発しそうになった。

——いかぬ。

腹に力を入れ、万太夫は即座に冷静さを取り戻した。一町もの距離を隔てていても、殺気を放てば、必ず一郎太に覚《さと》られる。

羽摺りの者が監視についていることは、むろん一郎太もわかっているだろう。これまでに、何度か後ろを振り返っているのがその証《あかし》である。

――まさかわしが尾行についているとは、さすがに考えてはいないのではあるまいか。

ほんの半刻《はんとき》前、万太夫は籠《かご》を背負い、ほっかむりをして甲州街道を歩いていた。近在の得意先に蔬菜《そさい》をおさめてきた百姓という形《なり》をしていたのだ。

今は菅笠をかぶり、振り分け荷物を肩にかけている。旅の商人《あきんど》という恰好《かっこう》をして、街道を西へ進んでいた。

およそ半刻に一度、身なりを変えることで、万太夫は一郎太と藍蔵の目を欺いてきたのである。

旅の商人という形になって、半刻がたとうとしている。そろそろ新たな出《い》で立《た》ちに変えたほうがよいのではないか。

――さて、今度はどんな恰好がよいか。

目立たず、風景にすんなりと馴染《なじ》む姿がよい。万太夫はちらりと振り返り、三間ほど後ろを歩く旅の僧侶らしい者に目を留めた。

――雲水《うんすい》か……。

網代笠《あじろがさ》を深くかぶっているせいで顔はろくに見えないが、僧侶は年寄りのようだ。それでも、背筋はぴしりと伸びており、足取りはしっかりしていた。墨染めの直綴《じきとつ》を着用し、脛《すね》には脚絆《きやはん》を当て、草鞋《わらじ》を履いている。丸い座蒲《ざふ》を小脇に抱え、頭陀袋《ずだぶくろ》を胸に提げていた。

——曹洞宗《そうとうしゅう》の僧だな。

丸い座蒲は曹洞宗、四角い座蒲は臨済宗《りんざいしゅう》で用いられた。杖《つえ》はついておらず、いかにも旅慣れた風情だ。

よかろう、と万太夫は決断し、自らの鬢《びん》に軽く手を触れた。

——頭は丸めておらぬが、あの網代笠でごまかせよう……。

万太夫は胸中でうなずいた。

——御坊よ、どこへ行くのか知らぬが、わしと出会った不運をうらむがよい。

年老いた僧侶に心で告げてから、万太夫は前に向き直った。再び一郎太と藍蔵の姿が目に入る。

やがて街道が緩やかに左へと曲がりはじめ、二人が視界から消えた。

——頃おいだ。

万太夫は再び顔を後ろに向けた。僧侶は相変わらず黙々と歩いている。

僧侶の五間ばかり後ろを、町人とおぼしき三人組が続いていた。まっさらな旅装《たびしょう》束《ぞく》に身を包んだ三人は、旅に出た興奮を抑えきれない様子で声高にしゃべり合っており、前を行く僧侶などろくに目に入っていないようだ。

ほかに街道を行く者は、三人組の半町以上も後ろにいる武家の主従だけである。もともと甲州街道は、東海道《とうかいどう》や中山道《なかせんどう》に比べ、旅人の数は格段に少ない。

前に向き直った万太夫は、街道の右側に鬱蒼《うっそう》と竹林が生い茂っているのを見た。

――あのありさまでは、土地の者は手を入れておらぬようだな……。

その竹林の前に至るや、万太夫はかがみ込み、草鞋の紐《ひも》を締め直すふりをした。

やや手間取っている風を装うあいだに、僧侶が万太夫を追い越していく。それを見て立ち上がった万太夫は、僧侶に肩を並べた。

一瞬、おやという顔をしたが、僧侶は目を細め、会釈してきた。徳がありそうな面立ちで、穏やかな人柄のように見えた。

――説法がうまそうだ……。

そんなことを思いながら、万太夫は僧侶にうなずきを返した。刹那《せつな》、さっと近寄ると僧侶を抱きすくめた。僧侶に声を上げる暇《いとま》を与えず、竹林に連れ込む。薄闇が万太夫たちを包み込む。

万太夫の動きが素早すぎて、自分の身になにが起きたのか僧侶はまるでわかっていない。

それでも念のために、声を上げさせないよう、万太夫は喉の急所を突いた。

一瞬で息ができなくなったようで、まなじりを裂くようにして目をかっと見開いた僧侶が苦しげにもがく。

次いで万太夫は、僧侶の右のこめかみを手刀で打ち据えた。がつっ、と音がし、目を閉じた僧侶が、力尽きたようにがくりと首を落とした。

気絶した僧侶を湿った土の上に横たえ、万太夫はしわ深い首を鷲《わし》づかみにした。軽く力を込める。

次の瞬間、鈍い音が立ち、僧侶の首の骨が折れた。確かめるまでもなく、僧侶は絶命していた。

――坊主殺せば七代祟《たた》るというが、まことだろうか。

僧侶の死顔に目を当て、万太夫は、ふん、と鼻で笑った。これまでさんざん非道な真似《まね》をしてきた。地獄行きは、とうに決まっている。ここで僧侶を一人殺したからといって、今さら行き先が変わるわけもない。

町人の三人組が、竹林の前を通り過ぎていく。今も、唾を飛ばさんばかりの勢いで話をしていた。

三人組を平然と見送った万太夫は腕組みをし、息絶えた僧侶を改めて見下ろした。苦しんだ様子もなく、僧侶は存外に穏やかな顔をしている。

――この坊主の魂は、もう極楽に着いたのかもしれぬ。しかし、まさか今日が命日になるとは、考えもしなかったであろう。

当分、この僧侶の骸《むくろ》は見つからないだろう。

――この竹林は荒れているとはいえ、いずれ暖かくなれば、筍《たけのこ》とりの者が入ってこよう。

緒《お》を解いて菅笠を捨てた万太夫は振り分け荷物をかたわらに置き、商人の着物を脱いだ。僧侶の下着を奪い、墨染めの直綴を着、五条袈裟《ごじょうげさ》を身につけた。網代笠をかぶって座蒲を抱え、頭陀袋を首から提げる。

この姿ならば、と万太夫は思った。これから半刻のあいだは、一郎太たちに尾行を気づかれることはないだろう。半刻たったら、また別の者をあの世に送り、身なりを変えるだけのことである。

――もっとも、つけているのを一郎太たちに気づかれたところで、なんだというのだ。桜香院を守ろうとしている二人は、なにもできまいて……。

含み笑いを漏らし、万太夫は商人が肩にかけていた振り分け荷物を開けてみた。中には二通の為替《かわせ》手形に加え、金がたっぷりと入っていそうな財布がしまわれていた。

――ほう、これは。

財布を手に取ると、ずしりとした重みがあった。万太夫は目を見開いた。

振り分け荷物にはかなりの重さがあった。なにが入っているのか期待はしていたが、予期した以上の収穫がありそうだ。

――こいつは……。

胸をふくらませて万太夫は財布を開いた。中には、二十五両の包み金が四つあった。

――まさか百両とは……。

吐息が口から漏れ出る。願ってもない幸運としかいいようがない。万太夫は女も好きだが、金も大好きである。

懐にいそいそと財布をしまい込み、今度は、二通の為替手形を手に取った。

二通とも、甲府《こうふ》の商家に宛てて振り出されている。額面は両方とも三百両である。

――あの男は甲府に向かっていたのか。

万太夫は、半刻ほど前にくびり殺した旅の商人を思い出した。四十代半ばで、精悍《せいかん》な顔つきをしていた。

――商人として、きっと仕事のできる男であったのだろう。

旅慣れてもいたはずだ。それゆえ、百両の現金と計六百両もの為替手形を持っていたにもかかわらず、供も連れずに一人で甲州街道を歩いていたのではあるまいか。

――旅に慣れた者によくある油断だな。

もし男に供がついていたら、万太夫は襲っていなかった。街道を一人で歩いていたのが、命取りとなったのである。

――この為替手形はいらぬ。

為替手形は振り出された商家の者であると証明できないと、金は受け取れない。あえてやるとなれば、なにかと面倒だ。手数がかかりすぎる。

二通の為替手形を破り、万太夫は無造作に投げ捨てた。紙片が蝶《ちょう》のように舞い落ちる。竹林の向こうを武家の主従が通り過ぎていくのが見えた。

懐を軽く叩《たた》くと、財布の重みを感じた。にやりと笑《え》んで、万太夫はあまり人けのない街道に出た。

足早に進むと、すぐに武家の主従を追い越した。すると、町人の三人組の先に、再び一郎太と藍蔵の姿が見えた。桜香院一行との距離は変わらず、半町のままである。

――ずいぶんのんびりしたものよ。あんなざまで、桜香院の身に危険が及んだとき、駆けつけられるのか。

万太夫には疑問だったが、一郎太にはそれなりの成算があるのかもしれない。

――お手並み拝見だ。

万太夫は薄く笑ったが、すぐに口元を引き締めた。背後から、忍びらしき者が近づいてくるのを覚ったからだ。足の運びが、常人とは明らかに異なっている。

ただし、何者がやってきたのか、万太夫は瞬時に解した。

――五郎蔵か。静のかどわかしを、うまくなし遂げただろうか……。

五郎蔵は追いついてきたものの、そこに万太夫がいることに気づかず、あっさりと追い越していく。菅笠をかぶったその姿は、まさに旅人そのものだ。

――一人か……。

静はどうしたのか。まさかしくじったのではあるまいな。

――たかが大名家の奥方のかどわかしに、羽摺りの者がしくじるのか……。

「五郎蔵」

万太夫は、忍びにしてはがっちりと厚みのある背中に声をかけた。

えっ、と小さな声を漏らして足を止め、五郎蔵が振り向く。菅笠を持ち上げ、万太夫に遠慮がちに目を当ててきた。

「あっ、お頭《かしら》……」

万太夫を認め、五郎蔵が驚きの顔になった。あわてて菅笠を取る。

「雲水の形をされていたのでございますか。まさかそのような恰好をされているとは思わず……」

済まなそうに五郎蔵が頭を低くした。

「やつらはすぐそこにいるのだ。身なりを変えるのは当然であろう。五郎蔵、二人が見えぬのか」

万太夫は、前を行く一郎太と藍蔵に向かって顎《あご》をしゃくった。

面を上げた五郎蔵が、あっ、と声を発した。先を歩く二人をまじまじと見る。

「確かに、あの二人でございますな……」

「五郎蔵、あまりじろじろ見るな。感づかれるぞ」

「あっ、はい。申し訳ありませぬ」

万太夫は、五郎蔵の顔色が冴《さ》えないのに気づいた。手の指がかすかに震えている。

やはり、と万太夫は顔をゆがめた。

——こやつ、しくじりおったな。わしにどんな仕置をされるか恐ろしくてならず、おののいておるのだ。

五郎蔵の指の震えは、それしか考えられない。

「行くぞ」

五郎蔵を見据え、万太夫は右手をさっと振った。はっ、と五郎蔵がうなずき、歩き出した万太夫の後ろにつく。横に来るように万太夫が命じると、おずおずと肩を並べた。

「首尾はどうであった」

結果はすでにわかりきっていたが、万太夫はあえてきいた。

「申し訳ございませぬ。しくじりましてございます」

眉根を寄せて、五郎蔵が腰を深く折る。

「なにゆえしくじった」

声を荒らげることなく、低い声で万太夫は質《ただ》した。はっ、と歩きつつ五郎蔵があらましを説明する。

——なんだとっ。

心で叫び声を上げた万太夫はぎろりと瞳を回し、五郎蔵をにらみつけた。

「静が剣術の遣い手であっただと」

そのようなことは聞いていない。監物も口にしたことはなかった。

「さようにございます」

目を伏せ、五郎蔵が首肯《しゆこう》する。

「女とは思えぬ、恐ろしい遣い手でございました。正直、それがしの手に余る相手でございました」

唇を嚙《か》み、五郎蔵がうなだれた。

「そうだったのか……」

——五郎蔵には無理だったか。わしが静をかどわかすべきであったか。

そうすれば失敗など決してあり得なかった。

——あの美しい女を味わう機会は失われてしまったのか……。

大魚を取り逃がした気分である。

無念だ、と万太夫は足を運びながら奥歯を嚙み締めた。奥方がかどわかされ、羽摺りの者に陵辱されたと知ったら一郎太がどんな顔をするか、一目見たかった。

いや、と万太夫はすぐさま心中でかぶりを振った。

——一郎太を殺してしまえば、静は後家となる……。

一郎太の死後、静が百目鬼家の上屋敷で暮らし続けるか、亡き夫の菩提《ぼだい》を弔ってどこかの寺に身を寄せるかわからないが、将軍の娘である以上、江戸に住まうのはまちがいない。

——そこを襲えばよい。静が暮らすのは、どうせ隠居所のようなところだろう。人けなど、ろくにないはずだ。

——そこで存分にいたぶってやる……。

それをあの世から、一郎太は見ることになるのだ。

小さく笑いを漏らし、万太夫は舌なめずりをした。これで、江戸に戻ってくる楽しみができたというものだ。

「あの、お頭」

五郎蔵がこわごわと呼びかけてきた。

「なんだ」

心弾むひとときを邪魔され、万太夫は不機嫌な口調で返した。五郎蔵がごくりと唾を飲み込む。

「こたびのそれがしのしくじりは一切、申し開きできませせぬ」

うむ、と万太夫は相槌《あいづち》を打ち、先を促した。

「どのような仕置でも、お受けいたします。死ねとおっしゃるのなら、死んでご覧に入れます。どうか、なんなりとお申しつけください」

覚悟の定まった顔つきで述べ、五郎蔵がこうべを垂れた。

ずいぶんと殊勝な口を利くではないか、と足を運びつつ万太夫は感心した。

――考えてみれば、こやつは逃げようと思えば逃げられたのだ……。

だが逃げ隠れせず、こうして万太夫のもとにやってきた。

――仮に逃げたところで、地の果てまでもわしが追いかけてくると思っていたのかもしれぬが……。

ここで五郎蔵を殺すのはたやすいが、と万太夫は思った。今はそうすべきときではない。

――この男にはまだ使い道があろう。

「仕置などせぬ。安心せい」

万太夫はきっぱりと告げた。

「えっ、まことでございますか」

五郎蔵の顔が一転、光が射《さ》したように明るくなった。

「わしは嘘《うそ》をつかぬ。人というのは、誰もがしくじりを犯すようにできておる。肝心なのは、どうやって取り返すかだ」

「ありがたきお言葉にございます。必ず取り返してみせます」

安堵《あんど》の息をついて五郎蔵が頭を下げる。

「五郎蔵、羽摺りの者としてこれからも役目に励め。励んで、こたびのしくじりを取り返すのだ」

「はっ、承知いたしました」

張り切った声を発して、五郎蔵が万太夫を見る。

「お頭、心より感謝いたします。なんなりとお命じください。必ずや、こたびの埋め合わせをいたします」

使い道一つであろうな、と万太夫は腹のうちでつぶやいた。

――静に歯が立たなかった者が、一郎太や藍蔵の相手をできるはずもない。だが、桜香院なら、なんとかなろう。

「ならば五郎蔵。桜香院を殺すのに、よい手立てはないか」

万太夫に問われて五郎蔵が一瞬、考え込んだ。すぐに面を上げる。

「我らが羽摺りの秘術、流昏《りゆうこん》の術を使うのは、いかがでございましょう」

「流昏の術か……」

輿を引かれた万太夫は、横を歩く五郎蔵に眼差しを注いだ。

「よくわかるように説いてみせよ」

はっ、と五郎蔵が点頭《てんとう》する。

「あと半刻ばかりで昼でございます。この先、桜香院一行は寺にでも寄り、昼食をとるのではありませぬか」

うむ、と万太夫はうなずき、一町ほど前を行く一郎太と藍蔵に顔を向けた。桜香院の一行は、あの二人のさらに先を進んでいる。

「どこかは知らぬが、一行の御膳所《ごぜんしょ》はこの先に必ず設けられているであろう。桜香院が上屋敷を出立《しゆつたつ》する前に、すでに百目鬼家の者が話をつけてあるはずだ。それに、桜香院は厠《かわや》にも寄りたかろう」

御膳所とは道中、食事をとったり、体を休めたりする場所のことだ。

乗物に乗るような身分の者には、道中、用を足せるよう尿筒《しとづつ》や御虎子《おまる》も用意されているが、あれでは落ち着いて用足しなどできそうにない。

尿筒とは、竹などでつくった携帯用の便器である。尿筒は、たいてい男が使う。女は御虎子だ。

「御膳所では、供の者も厠にまいりましょう」

淡々とした口調で、五郎蔵が言葉を続けた。

「行くであろうな」

そこまで聞いて、どういう策を用いようというのか、万太夫は解した。

「厠に来たときを狙い、供の者に流昏の術をかけるのだな」

「御意《ぎょい》」

「悪くない」

網代笠を上げ、万太夫は再び一郎太と藍蔵に目を向けた。

「お頭、使えそうでございますか」

おそるおそる五郎蔵がきいてくる。網代笠をかぶり直し、万太夫は五郎蔵を見やった。

「良策といってよかろう。今の五郎蔵の策を用いれば、一郎太や藍蔵には、まず防ぎようがあるまい」

「うれしいお言葉にございます」

弾んだ声を出し、五郎蔵が相好《そうごう》を崩す。

「桜香院一行が御膳所に入れば、一郎太と藍蔵はさらに褌《ふんどし》を締めてかかってまいりましょう。しかし、桜香院のそばにおらぬ限り、守り切ることはできませぬ」

「その通りだ」

深いうなずきを万太夫は返した。

「肝心なのは、我らの気配を一郎太と藍蔵に一切、覚らせぬことだ」

「よく心得ております」

即座に五郎蔵が同意する。

「御膳所内に我らの気配がなければ、一郎太と藍蔵が、わざわざ桜香院のそばに来ることはございますまい」

桜香院には休息のための部屋が与えられるはずだが、そこに入れるのは、三人の腰《こし》元《もと》や供頭《ともがしら》など限られた者だけであろう。

――これで桜香院を殺れる《や》かもしれぬ。いや、きっと殺れよう。

手応えをつかんだ万太夫は、ぎゅっと拳を握り込んだ。

――一郎太を殺す前に、桜香院をあの世に送ってやる。実の母の死を知った一郎太は、どんな面《つら》をするだろうか。

歩きながら万太夫は息を入れ、ふっと吐き出した。

「五郎蔵、よくぞ思いついた」

微笑を浮かべて万太夫が称《たた》えると、驚きの色を貼りつけた顔を五郎蔵が向けてきた。

「もったいないお言葉にございます」

五郎蔵は、感極まったような面持ちになっている。

「供頭は花井伸八郎といったな」

表情を引き締めた万太夫は、五郎蔵に確かめるようにきいた。

「おっしゃる通りでございます」

冷静な表情の五郎蔵が答えた。上屋敷の庭で見た花井の顔を脳裏に描き、万太夫は思案した。

――やはり花井という供頭を使うのが、よいだろうか。供頭なら、休息中の桜香院のそばにおろう。

「よし」

つぶやいて万太夫は顎を引いた。

「花井を用い、桜香院をあの世に送ることにいたす。――五郎蔵」

腹に力を込めて、万太夫は呼びかけた。はっ、と歩きつつ五郎蔵がかしこまる。

「きさまに任せるゆえ、しっかりやるのだ。桜香院の息の根を止めよ」

「承知いたしました」

もしまたしてもしくじれば、今度こそ命がないと、五郎蔵はわかっている顔だ。

五郎蔵から目を離し、万太夫は空を仰ぎ見た。北からやってきた灰色の雲は、さらに空を厚く覆い尽くしている。

太陽の姿は見えないが、今どのあたりにあるのか、だいたいの見当はつく。

——五郎蔵がいったように、あと半刻ほどで、九つになろう。

その頃には、桜香院一行は御膳所に入っているはずだ。御膳所に滞在するのは、どんなに長くとも、半刻ばかりであろう。

——監物に、御膳所の場所もきいておけばよかったか……。

御膳所に先回りして厠で花井を待ち構えていれば、いくら五郎蔵といえども、確実に術をかけられるはずだ。

いや、と万太夫は思い直した。御膳所がどこか前もってわからずとも、術をかけるのは難儀ではない。

——五郎蔵でも楽にやれよう。

一郎太と藍蔵の邪魔さえ入らなければ、桜香院殺しはまちがいなく成功する。

——だが、そういうときに限ってしゃしゃり出てくるのが、一郎太という男なのではあるまいか……。

それゆえ万太夫に、一抹の不安がないわけではない。だが、仮にどんな邪魔が入ろうとも、たかが老女一人を始末することすらできないでは、羽摺りの者とはとうてい呼べない。

そのときは五郎蔵に死んでもらうしかない。そのほうが、後腐れがない。

——まさか、桜香院が剣術の遣い手ということはなかろう。

ぎゅっと唇を嚙み締めて万太夫は、昼にもかかわらず、なおも暗さを増してくる空を見上げた。

二

どこからか、鐘の音が響いてきた。

今は一郎太の横を歩いている藍蔵が、おっ、と小さく声を漏らした。

「九つの鐘ですな」

「うむ、昼だ」

「あの鐘は、どこで鳴っているのですかな」

「この先の府中《ふちゅう》宿あたりではあるまいか……」

いま一郎太たちは、甲州街道の布田《ふだ》五宿の一つ国領《こくりょう》宿に入ろうとしていた。およそ三十町のあいだに国領、下布田、上布田、下石原《しもいしわら》、上石原と五つの宿場があるが、すべての旅籠《はたご》を合わせても九軒しかなく、そのために布田五宿とひとくくりに呼ばれている。

——しかし、ここまで来たのに、いまだに弥佑が来ぬとは……。

やはりなにかあったとしか思えない。

――万太夫に殺《や》られてしまったのだろうか。

あれだけの遣い手が倒されたとしたら、万太夫はどれだけ強いのか。一郎太には想像がつかない。

――いや、弥佑は生きている。あの男がたやすく殺られるはずがない。

自らに言い聞かせるように一郎太は思った。

「しかし、弥佑どのは来ませぬな」

一郎太の心を読んだかのようにいって、藍蔵が顔を歪《ゆが》める。

「なにかあったのでございましょうな」

「ああ、まちがいなくな。でなければ、弥佑が追いついてこぬというのは、あり得ぬ」

「心配でございますな」

「ああ。だが、今は明るく考えるほうがよかろう」

「それがしも弥佑どのは無事だと思います。いえ、きっと無事でございましょう。弥佑どのは生きております。それがしにはわかります」

「俺もそう思う」

しばらく一郎太たちは無言で街道を歩いた。

「しかし月野さま、腹が減りましたな」

我慢ができなくなったように、藍蔵が腹を押さえてぼやいた。弥佑のことは案じられるが、今はどうしようもない。自分たちにできることはない。

――しかし、弥佑が来ぬのは痛いな。

だが、これからは弥佑はいないものとして考えなければならない。

「うむ、減ったな……」

百目鬼家の上屋敷がある市谷加賀町《いちがやかがちょう》から、すでに四里ばかり歩いてきた。空腹が募るのも当然であろう。

「桜香院さまは、昼餉《ひるげ》はどうされるのでございましょうか」

前を行く桜香院一行に眼差しを注いで、藍蔵が問う。

「腹ごしらえは、必ずするだろう。歩かずに済む母上はともかく、昼餉抜きで八王子宿へ向かうというのでは、供の者があまりにかわいそうだ」

「特に陸尺《ろくしゃく》でございますな」

「力仕事の者には、昼餉に限らず、腹一杯食べさせてやらねばならぬ」

「そうでなければ、力が出ませぬからな。桜香院さまは、御膳所を用意されているのでございましょうか」

「用意してあるはずだ。重太郎のこともあって急ぐ旅とはいえ、落ち着いて食事をとりたいご気性だ。厠に行きたい者もいるだろう」

「厠は大事でございますからな」

顎を引いて藍蔵が同意する。

「男は我慢できなければ立ち小便で済みますが、三人の腰元はそういうわけにもいきますまい」

藍蔵、と一郎太は呼びかけた。

「初めて俺が国入りした際の道中を、覚えているか」

「覚えております。あれは四年前ですから、そんなに昔の話ではありませぬし……」

言葉を切った瞬間、合点がいったように藍蔵が、ああ、と声を上げた。

「あのときの最初の御膳所は、ここ布田五宿の近くでございましたな。桜香院さまと同じく七つに上屋敷を出立し、上石原宿を少し過ぎたところにあるお寺で昼餉をとりました。あれは、なんというお寺でございましたか」

顔をしかめて藍蔵が天を仰ぐ。

「善桐寺《ぜんとうじ》だ」

「ああ、それでございます」

納得したような声を出し、藍蔵が太ももをはたいた。

「さすがに月野さまだ。よく覚えておられますな」

「四年前の話だからな」

「では桜香院さまも、善桐寺に入られるのでございましょうか」

「そうだと思う。ここからなら、もう三十町はない」

一郎太たちは、じき国領宿の家並みが途切れるところまで来ていた。

「ならば善桐寺まで我慢すれば、我らも昼餉にありつけますな。月野さま、なにを食されるおつもりですか」

「街道筋で、なにか購《あがな》うしかなかろう。人通りが繁《しげ》くある街道ではないが、握り飯を売る店くらいあるはずだ」

「おう、握り飯でございますか」

藍蔵が、ほくほくとした笑みを見せた。

「旅の最中にいただく握り飯ほど、うまい物はありませんからなあ。まことに楽しみでございますよ」

そのとき一陣の風が吹き寄せてきて、激しく土埃《つちぼこり》を舞い上げた。顔は伏せたものの、なにが起きるかわからず、一郎太は目を閉じなかった。風はひどく冷たく、寒さがこたえたが、歯を食いしばって耐えた。

藍蔵が、体をぶるりと震わせた。眉根を寄せ、渋面をつくる。

「腹が減り過ぎたせいか、寒さがことのほか身にしみます……」

まったくだ、と一郎太はうなずいた。

「今にも雪が降り出しそうな雲行きゆえ、それも当たり前であろう……」

半刻ほど前から空は灰色の雲に覆われ、昼とは思えないほどの暗さに包まれていた。

――これから街道を進むにつれ、さらに寒さは厳しくなろう。だが、決して負けぬ。この寒さに打ち勝ってこそ、東御万太夫も倒せるのだ。

一郎太は改めて決意を胸に刻みつけた。

「我らは桜香院さまの乗物に合わせて、ゆっくり歩いております。体がなかなか温まらぬのも、道理でございましょう……」

「そうかもしれぬ。むしろ体は冷えていくような……」

寒さに打ち勝とうという思いとは裏腹に、一郎太は大きな震えが出た。それを見て藍蔵が苦笑する。

「相変わらず月野さまは、寒がりでございますな」

「藍蔵も震えたではないか」

「あれは空腹のためでございます」

「俺も同じだ」

「いえ、ちがいます。月野さまは幼き頃より人一倍、寒がりでございました。仮に腹が空《す》いておらずとも、ぶるぶる震えていたでありましょう」

「俺が物心つかぬ頃を持ち出すとは、屁《へ》のような理屈だな。そのようなことばかり申して、そなたは家中で嫌われておらなんだか」

　はて、と藍蔵が首をひねる。

「別に、そのようなことはなかったと思いますが……」

「嫌われていても、当人が気づかぬのは、ままあることだ」

「家中の者すべてに好かれていたかというと、さすがに自信はありませぬが、さほど嫌われてもいなかったものと……」

　そうか、とつぶやいて一郎太は、考えてみれば、と自嘲《じちょう》した。

　――家臣たちから嫌われていたのは、俺ではないか。それゆえ家中をまとめられず、反旗を翻《ひるがえ》された……。

　監物の命を受けた者たちに命を狙われ、大勢の家臣をこの手で斬る羽目になった。

　一郎太の全身は、血でまみれている。

　初めて国入りするときは、晴れがましい気持ちで一杯だった。桜香院に家督を重二郎に譲ると明言した今は今で、気分はすっきりしてはいるものの、やはり多くの家臣を手にかけたという事実は重くのしかかっている。

　――いや、いらぬことは考えるな。

　目を閉じ、一郎太はおのれを戒めた。

——過ぎ去ったことは、すべて忘れると決めたではないか。過去を振り返ったところで、よいことなど一つもない。

「月野さま、どうかされましたか」

黙り込んだ一郎太を気にしたようで、藍蔵が案じ顔できく。

「いや、なんでもない」

微笑を浮かべて一郎太は面を上げた。

「少し考え事をしていた」

「さようにございますか……」

藍蔵は、一郎太の心情を慮《おもんぱか》るような表情をしている。

「ところで月野さま、羽摺りの者どもは相変わらず、後ろについてきているのでございましょうな」

話題を変えるかのように藍蔵が口にし、ちらりと背後を見た。

「まちがいなくついてきておろう」

一郎太は振り返らなかった。これまで何度か、背後を歩く者を見つめたりもしたが、そうしたところで、それが羽摺りの者なのか、判然としなかった。誰もが怪しく見えただけである。

「やつらは、御膳所で桜香院さまになにか仕掛けてこぬでしょうか」

気がかりそうな顔を藍蔵が向けてきた。

「十分に考えられる。決して用心は怠らぬことだ」

「どのような手立てを取ってまいりましょう」

藍蔵にきかれ、一郎太は首をひねった。

「やはり毒だろうか……」

「散須香《さんすこう》でございますか。桜香院さまの昼餉に盛るかもしれませぬな」

「それはなんとしても防がねばならぬ」

「どういたしますか。桜香院さまのそばにおらぬと、やつらが仕掛けてきたら、どうにもできませぬぞ。善桐寺で、桜香院さまにお目にかかりますか」

「それがよかろうが……」

下を向き、一郎太は逡巡《しゅんじゅん》した。

「百目鬼家の家督を重二郎さまにお譲りになると断言されて、桜香院さまとのわだかまりは解けたのではありませぬか」

いや、と一郎太は小さくかぶりを振った。

「そうたやすいものではない」

家督を譲ると言い切ったのちも、桜香院とのあいだの重苦しい空気は、それまでとさして変わらなかったのだ。

「しかし月野さま、ここはわだかまりを捨てられるのがよいのではありませぬか」

「俺には、もともとわだかまりなどない。あるのは母上のほうであろう。だが藍蔵、家督を返上するという話をしたとき、俺は母上にしっかり誓《いまし》めをしたぞ。今さら改めていわずとも、よいのではないか」

いいえ、と藍蔵が強くかぶりを振った。

「今一度、善桐寺で桜香院さまにお目にかかったほうがよいのではないかと、それがしは勘考いたします。桜香院さまに念を押すのでございます」

「そうするほうがよいか。だがな……」

しかめ面で一郎太がつぶやくと、藍蔵が眉根を寄せ、怖い顔になった。

「そこまで煮えきらぬとは、月野さまらしくありませぬぞ」

怒気を孕《はら》んだ声を藍蔵が放つ。

「お母上のお命が危ういのですから、桜香院さまに改めてお目にかかり、重ねて誓めをなさるべきでございます。桜香院さまのそばにいらっしゃれば、羽摺りの者も手出しはできますまい」

その通りだろうな、と一郎太は思った。藍蔵は正論をいっている。

「まさか桜香院さまが死んでもよいと、考えておられるのではありませんでしょうな」

「藍蔵、いくらなんでもいいすぎであろう」

すぐさま一郎太は藍蔵をたしなめた。

「その煮え切らなさを目の当たりにいたしますと、そう思わざるを得ませぬ」

一郎太を鋭い目で見据え、藍蔵は引き下がらない。

「もし俺が、母上が死んでもよいと考えているのなら、この厳しい寒さに耐えてまで警固につかぬ」

「その通りでございましょう」

我が意を得たりというような顔で、藍蔵が大きくうなずいた。

「すでに月野さまには、ご自身の命を投げ出してもよいとの覚悟がござるはず。それだけの覚悟を定めた以上、徹底して桜香院さまの警固をなされませ。半端はなりませぬ」

確かに半端というのは最も悪い手だ、と一郎太は思った。

――半端にやるくらいなら、端《はな》からやらぬほうがよい。藍蔵のいう通り、善桐寺で母上に会うとするか。それがよかろう。

「それがしの言葉がお心に届きましたか」

一転、柔らかな口調で藍蔵がきいてきた。こやつ、と一郎太は藍蔵を見つめた。

――俺が母上に会わざるを得ぬよう、わざと怒ってみせたな。

相変わらず狸《たぬき》だな、と思ったが、むろん腹は立たない。

――これまでは母上に会えば、気持ちが滅入《めい》るだけだったが、家督を重二郎に譲ると明言した今、もはや母上に俺を嫌う謂《いわ》れはなかろう。

これからは、なにかにつけて会うようにするのがよいかもしれない。そうすれば、いつかは冗談も言い合える仲になれるのではあるまいか。

だからといって、と一郎太は頭を巡らせた。

――今はまだ、じかにお目にかからずともよいのではないか……。

一郎太の心は揺れていた。

桜香院を守るには、近くにいさえすればよいのだ。それに、桜香院のそばに身をひそめていれば、羽摺りの者をおびき出せるかもしれない。

藍蔵、と一郎太は呼んだ。

「善桐寺に先回りし、羽摺りの者がひそんでおらぬか、確かめようではないか」

「先回りでございますか。その間、桜香院さま御一行から目を離すことになりますが、大丈夫でございますか」

藍蔵は危ぶむ顔つきをしている。

「我らが桜香院さま御一行から離れた隙を、羽摺りの者に狙われませぬか」

「人通りが多いとはいえぬ街道だが、布田五宿を抜けるまでは、かなりの人目がある。

襲ってくるのなら、人けが絶えたところだろう」

一郎太の脳裏にあるのは、武蔵国《むさしのくに》と相模国《さがみのくに》の国境となっている小仏峠である。あの峠が最も危ういと考えていた。

「まあ、さようにございましょうな……」

首を縦に振ってみせたものの、藍蔵は納得した顔ではない。

「藍蔵、つまりは、いきなり姿を消してやればよいのだ」

「えっ、それはどういうことでございますか」

興を抱いた顔を藍蔵が向けてくる。

「羽摺りの者の目から消えてみせるのだ」

藍蔵が怪訝《けげん》そうに一郎太を見つめている。

「善桐寺に先回りするのに、俺たちは甲州街道を使わぬ」

「では、別の道を使って桜香院さま御一行を追い越していくのでございますな」

そうだ、と一郎太は顎を引いた。

「この宿場の北側を裏道が通っている。それを使う」

「さようでございますか。よくご存じでございますな」

「たまたまだが……」

「それで、いきなり姿を消すとはどういうことでございますか」

改めて藍蔵が問うてくる。

「甲州街道から裏道へ入るには、宿場の路地を突っ切っていかねばならぬ。路地に入るために角を一つ折れるが、そのときだしぬけに我らがかき消えたように、羽摺りの者に見せるのだ」

「ああ、そういうことでございますか」

納得がいったらしく、藍蔵が深くうなずく。

「不意に我らの姿が見えなくなれば、羽摺りの者は待ち伏せを、まず考えましょう。なにかの罠《わな》ではないかと羽摺りの者が我らの動きに気を取られている隙に、桜香院さま御一行は何事もなく善桐寺に到着するという寸法でございますな」

「そういうことだ」

「わかりました。先回りをいたしましょう。ところで羽摺りの者は、桜香院さまの御膳所が善桐寺だと知っているのでしょうか」

「わからぬが、知っていると考えておいたほうがよかろう。なにが起きてもよいように、我らは備えなければならぬ」

一郎太は、ちらりと後ろを振り返った。かなりの数の旅人が目に入る。僧侶もいるし、町人とおぼしき者もいる。

武家も供を連れて歩いているし、近在の百姓らしい者も足を進めていた。馬や牛を引く者も少なくない。

　ほかにも、布田五宿の住人ではないかと思える普段着の者の姿も認められた。子供たちも寒風に負けずに歓声を上げて街道を駆け回っているし、この寒さの中、散策しているらしい年寄りの姿もあった。

　背後をじっくりと見やってから、一郎太は顔を前に戻した。五間ほど先に、辻《つじ》が迫っているのを目の当たりにした。

「藍蔵、そこの角を右に曲がるぞ。遅れるな」

「かしこまりました」

　その辻に差しかかったところで、一郎太は藍蔵に小さな声で合図した。

「行くぞ」

　右へとさっと動き、一郎太は一本の路地に身を入れた。間髪《かんはつ》を容《い》れずに藍蔵が続く。

　家と家に挟まれてさらに暗くなった路地を、一郎太と藍蔵は走り出した。

「羽摺りの者に、我らはかき消えたように見えましたかな」

　後ろから藍蔵がきいてきた。

「見えただろう」

「それならよいのですが……。この路地が裏道に通じているのですな」

「そうだ。裏道はちょうど、善桐寺の裏門の前を通っている」

「それはまたありがたい。しかし、なにゆえ裏道があるのをご存じなのです」

「初めての国入りの際、善桐寺で昼餉をとったあと厠に行き、窓から外を眺めた。そのとき、寺の裏手に細い道が通っているのが見えた。おそらく、それがこれだ」

暗い路地を走り抜けた一郎太と藍蔵は、甲州街道と並行する一筋の道に出た。家並みが途切れ、少し明るくなった。

一郎太と藍蔵は獣道も同然の道を左に折れ、西へ向かった。

北側には田畑が広がり、百姓家が散見された。遮るものがなくなって北の風がなおも強くなり、ぐっと冷たさが増した。

土埃を上げながら、一郎太はひたすら走った。風にさらわれてきた肥《こえ》のにおいが鼻を打つ。すぐ後ろから、藍蔵の息遣いが聞こえてきた。

藍蔵の呼吸は、ほとんど乱れていない。

二十町ほどを休まず一気に走ると、左手に寺の本堂らしい建物が姿をあらわした。ぐるりを築地塀《ついじべい》に囲まれており、いかにも古刹《こさつ》らしい風格が感じられる。

さらに一郎太は駆け続けた。

やがてこぢんまりとした裏門が見えてきた。

三

冷たい風を物ともせずに走り抜けた一郎太は、善桐寺の裏門の前で足を止めた。少し息が切れており、もっと鍛えぬといかぬ、と反省した。

藍蔵も立ち止まったが、ほとんど息は乱れていない。やはりこやつは大したものだ、と一郎太は感嘆せざるを得なかった。

「ここでございますか」

軽く息を吐き出した藍蔵が、がっちりと閉まっている裏門を見る。

「こちらのくぐり戸は開きますかな。開かなかったら、塀を乗り越えるまでですが……」

裏門の脇についているくぐり戸を、藍蔵が押す。きしんだ音を立てて開いた。

「閂《かんぬき》は下りていなかったですな……」

よかったというように藍蔵が笑みを見せる。

「しかも月野さま、だいぶ走ったおかげで、体が温まってまいりましたぞ」

実際、一郎太も汗をかいており、それを手ぬぐいで拭いた。

腰を折り曲げた藍蔵が、開いたくぐり戸から境内《けいだい》を見渡す。

「なにやら懐かしい気がいたしますな」

少し姿勢を低くして、一郎太も境内を眺めた。広さと奥行きを誇る境内に、本堂や阿弥陀堂《あみだどう》、護摩堂《ごまどう》、鐘楼《しょうろう》などが建っている。

心気を静め、一郎太は境内の気配を嗅いだ。しばらくじっと動かずにいたが、十拍ほど過ぎたとき、ほっと息をついた。

「なにか感じましたか」

藍蔵にきかれ、一郎太は、いや、と首を横に振った。

「なにも感じぬ。だからといって、羽摺りの者がおらぬとは決めつけぬほうがよかろう」

「油断は禁物でございますな」

そういうことだ、と一郎太は答えた。

「よし藍蔵、行くぞ。母上たちがいらっしゃる前に、境内が安全かどうか、確かめねばならぬ」

人けがなく、深閑としている境内を一郎太と藍蔵は進んだ。周囲に見えない壁ができているかのように境内に風はなく、梢《こずえ》も騒いでいない。

寺社の中には、ときおりこういう場所がある。なんとも不思議なものよ、と一郎太は思った。

――やはり守り神がおわすからであろう。

「しかし、まことに静かでございますな」

横を歩く藍蔵が感じ入ったようにつぶやく。

「この静けさはいかにも古刹らしくて、よろしゅうございます。このお寺は、いつ創建されたのですかな……」

「戦国の昔、相模小田原《おだわら》の北条《ほうじょう》家が滅んだ頃と聞いたぞ」

「ほう、戦国の頃……。どなたの創建でございますか」

「藍蔵は、北条家に風魔《ふうま》という忍びの一党がいたのを知っているか」

「ええ、存じております。では、その風魔の者が創建したのでございますか」

いかにも意外そうに藍蔵がきいてきた。

「そのようだ。死んだ仲間の菩提を弔うために建てたらしい」

「ほう、忍びにしては殊勝な心がけでございますな」

不意に眉間にしわを寄せ、藍蔵が渋い顔になった。

「風魔の創建とは考えもしませんでしたが、まさかこの寺が羽摺りとつながっているようなことは、ありませんでしょうな」

「それは考えすぎであろう」

一郎太は藍蔵の言を一顧だにしなかった。

「今も風魔の血がこの寺に受け継がれているとしても、遠く木曽《きそ》の羽摺りの者とはなんのつながりもあるまい」

「まあ、そうでございましょうな」

いま一郎太の視界には、本堂の屋根が入っている。本堂の右手に、四年前、一郎太が借りた厠がある。厠は、屋根のついた廊下で本堂とつながっている。

どこからか、醤油《しょうゆ》を煮込んだような香りがしてきた。くんくん、と藍蔵が犬のように鼻を鳴らす。

「これは、桜香院さま御一行に用意されている昼餉のにおいですかな」

左手に、食堂らしい建物がある。陸尺や中間《ちゅうげん》たちは、と一郎太は思った。あの建物で昼餉を食すのだろうか。

不意に、食堂の陰から修行僧らしい若い男が姿をあらわした。一郎太と藍蔵は、見物に立ち寄った旅人のような顔をしたが、修行僧はこちらに気づかずに食堂の戸を開け、中に入っていった。

寺の食事を担っている台所があるのは、庫裏《くり》のはずだ。庫裏は食堂の右側に建っており、一郎太は藍蔵とともにそこに向かった。

物置の陰に立ち、庫裏の裏手にある台所を眺める。あたりには、煮込んだ醤油の香りが濃く漂っていた。

湯気が霧のように立ち籠《こ》める台所では、六、七人の者が立ち働いていた。

身じろぎ一つせずに、一郎太はその者たちを見つめた。台所内にもその近辺にも、怪しい者がいるようには思えなかった。

——膳に毒を仕込もうとしている者はおらぬようだ……。

「この醤油のにおいには、そそられますな」

藍蔵がごくりと唾を飲み込む。まったくだ、と思ったが、一郎太は返事をしなかった。四年前、食事をとった書院造《しょいんづくり》の方丈《ほうじょう》が見えたからだ。

一郎太につられたようで、藍蔵も方丈に目を向けている。

「四年前、あの建物で昼餉をとりましたな。実においしかった……」

「うむ、美味だったな」

「桜香院さまも、あそこで昼餉をとられるのでございましょうか」

「まちがいあるまい。よし、藍蔵。近づいてみよう」

あたりに怪しい者の気配がないか探りつつ、一郎太は足を進めた。

方丈の中からはいくつかの人の気が伝わってきたが、剣呑《けんのん》なものではなかった。むしろ気配は落ち着いている。寺の者が桜香院たちのために、配膳をしているのではあるまいか。中ではありがたいことに、火鉢も焚《た》かれているようだ。

——寒がりの母上にはうれしい心遣いだな。

一郎太は寺の者に感謝した。

「方丈に羽摺りの者はおらぬ」

一郎太は断じ、わずかに緊張を緩めた。

「それがしも同じでございます。境内にもおらぬように思います」

うむ、と一郎太は相槌を打った。

「この寺にやつらはおらぬ。おそらく、この寺が母上の御膳所になるのを知らぬのだろう」

「でございましょうな。それで、これからどうなされますか」

「そうさな……」

一郎太の目は、方丈の濡縁《ぬれえん》につけられた小さな階段を捉えている。あの階段のそばに乗物は置かれるはずだ。桜香院は階段を登って中に上がるのだろう。

桜香院が乗物を降りたところを、羽摺りの者は狙ってくるかもしれない。命を奪う手段は、別に毒でなくともよいのだ。

——上屋敷の床下で俺を襲った者は、吹き矢を得物にしていた……。

一郎太は目を閉じて、思案した。

——吹き矢で母上を狙うほうが、毒を盛るよりも易《やす》かろう。上屋敷と同じ者が狙いに来るかもしれぬな。

吹き矢で狙うとしたら、どこからだろうか。一郎太はあたりを見回した。手練《てだれ》なら、十間は優に飛ばせるのではないか。

——屋根からか……。

方丈の檜皮葺《ひわだぶき》の屋根を見上げ、一郎太は自分が登ったときの気持ちになった。

ちがうな、と心中でかぶりを振った。屋根は、やはり姿を見咎《みとが》められやすい。忍びが最も嫌うところだろう。

桜香院を狙うのなら、階段がよく見えるところであるのは、まちがいない。屋根以外にどこがあるか。

——あの木はどうか……。

一郎太は七、八間ほど離れたところに立つ椨《たぶ》の木に目を留めた。

樹勢は盛んで、方丈の屋根に覆いかぶさるように葉が生い茂っている。五丈ほどの高さがあり、あの木なら、吹き矢で地上の桜香院を狙うのに恰好の位置といえるのではないか。

——椨の木は海辺に多いらしいが、このあたりでも育つのだな……。

「藍蔵は、あの大木を見張ってくれぬか」

一郎太にいわれて椨の木を見やった藍蔵が、なるほど、と納得の声を上げる。

「羽摺りの者が飛び道具を使うつもりなら、これ以上ない場所にありますな。それがしは、根元近くの灌木《かんぼく》の茂みに隠れます。もし羽摺りの者があの木に登ろうとしたら、斬って捨てても構いませぬな」

瞳をぎらりと光らせた藍蔵が、凄《すご》みのある声音で確かめる。

「構わぬ」

「それで月野さまは、どうされるのでございますか。どこかに身をひそめられますか」

「俺は、あの階段のところで母上を待つ」

おう、とうれしげな声を藍蔵が発する。

「では、桜香院さまにお目にかかるのでございますな」

「俺が母上のそばについているのが、やはりお命を守る最もよい手立てであろう。やつらは、まずあらわれぬだろうがな」

間を置かずに一郎太は続けた。

「万一、羽摺りの者が姿を見せたら、俺も斬って捨ててやる」

「もしや、万太夫があらわれると、踏んでいるのでございますか」

——この寺で万太夫と雌雄を決せられたら、どんなにすっきりするだろう。

「それは願ってもないことだが、羽摺りの者があらわれるとしたら、配下であろう」

たかが、といっては申し訳ないが、桜香院を殺すのに、万太夫が自らの手をわずらわせるとは思えないのだ。

「そうかもしれませぬな。では、それがしは茂みに隠れます」

一礼して、藍蔵が栴のそばの灌木に向かった。それを見送って足早に方丈に近づいた一郎太は、濡縁の階段に腰を下ろした。

待つほどもなく、山門のほうからざわめきが聞こえてきた。桜香院一行が善桐寺に着いたのだろう。

何事もなく無事にいらしたか、と安堵の息をついて一郎太は立ち上がり、そちらを見やった。四人の僧侶に導かれるようにして、桜香院一行がゆっくりと方丈に近づいてくる。

僧侶の顔に、一郎太は見覚えがあった。一人はこの寺の住職で、他は修行僧である。住職の名は林専《りんせん》といったはずだ。

近づいてくる一行を見守っていると、一瞬、妙な気配を嗅いだような気がした。

――いま羽摺りの者が、境内に入ってきたのではないか……。

すぐさま一郎太は、山門のほうへ目を向けた。それらしい者の姿は見えなかったが、羽摺りの者が桜香院一行についてきていたのだけは、はっきりした。

――やはり来たか。もし母上を襲ったら、決して容赦せぬ。ずたずたに斬り裂いてやる。

一行の先頭を歩く供頭の花井伸八郎が、方丈のそばに立つ一郎太に気づき、険しい顔になった。旅姿をしている一郎太を知らず、そこにいるのが主君であると気づいていないようだ。ついに羽摺りの者があらわれたと思ったらしく、背後の者に止まるよう手振りで命じ、腰を落として刀の柄《つか》に手を置いた。

他の四人の供侍も、いつでも刀を引き抜ける態勢を取った。桜香院を警固する五人の侍は、いずれも柄袋をしていなかった。羽摺りの者がいつ襲ってきてもよいように、備えていたのだろう。

桜香院の乗物が、宙に浮いたまま動かなくなった。四人の僧侶は、背後の一行の足取りが止まったのに気づき、いったいなにが起きたのだろうと、不思議そうな顔で一郎太を見ている。

「花井」

一郎太は快活な声を投げた。いきなり親しげに名を呼ばれ、花井が戸惑いの色を見せる。

乗物のそばに付き従っている三人の腰元も身じろぎ一つせず、一郎太を見ている。他の供の者たちも一郎太に眼差しを向けたまま、かたまっていた。

「その声は一郎太どのですね」

乗物の引戸が音もなく開き、桜香院が顔をのぞかせた。えっ、という表情になり、花井たちが一郎太をまじまじと見る。

「あっ、まことに殿ではございませぬか」

大きく目を見開いた花井が、あわててひざまずいた。ほかの者たちも畏《おそ》れ入り、一斉に地面に端座《たんざ》した。

なんと、と声を漏らして林専が頭を低くする。三人の修行僧も静かにこうべを垂れた。

「皆、ここまで苦労であった」

穏やかな口調で一郎太がねぎらうと、花井が、はっ、とかしこまる。ほかの供の者たちも花井に倣った。

花井の横を通り過ぎ、一郎太は乗物に近づいた。母上、と呼びかけ、乗物のそばに片膝をつく。

「下ろしなさい」

桜香院が陸尺に命じると、乗物が地面につけられた。実のせがれに思いもかけず会えたからといって、一郎太を見る桜香院は、笑みの一つすら浮かべていない。

「一郎太どの、旅姿ということは、もしやそなたも北山に行くおつもりですか」

桜香院はどこか白けたような目をしている。

「さようにございます」

一郎太は桜香院にうなずきを返した。

「ここまで、陰ながら母上の警固をさせていただきました。それがしは、なんとしても、母上のお命を守りたいと思っております」

「さようですか。それは、まことにかたじけなく存じます」

桜香院が頭を軽く下げたが、冷ややかな眼差しに変わりはない。

「しかし一郎太どの、そのような真似をせずとも、わらわのそばには、頼りになる者たちが大勢ついていています。ですので、ここから江戸に戻るがよろしいでしょう」

いかにも心強そうな目を、桜香院が花井たちに向ける。

「もちろん花井たちは頼りになりますが、母上の警固を任せきりにするわけにはまいりませぬ」

強い口調で一郎太は桜香院に告げた。

「それがしは、北山まで母上についてまいります」

「さようですか。無理強いはいたしませぬ」

無表情に顎を引いて、桜香院が一郎太から目を背ける。

「好きにするがよろしいでしょう」

「そうさせていただきます」

ふう、と桜香院が疲れたような息をついた。

「つまらぬことで、ときを無駄にしました。進めなさい」

自ら引戸を開けて、桜香院が陸尺に命じた。そのまま乗物が動きはじめる。

一郎太は立ち上がり、脇にどいた。目の前を桜香院のどこかのっぺりとした顔が通り過ぎていく。

──やはり冗談を言い合える仲になるのは無理か。いや、たった一度で、あきらめることはない。こういうのは、数を重ねなければ駄目だ。

一郎太は自らに言い聞かせた。

百目鬼さま、と呼びかけて林専がやってきた。

「お久しぶりでございます」

一郎太がなぜ一人でここにいるのか、はっきりした理由はわからないようだが、桜香院との会話から、なにやら訳ありらしいとは解したようだ。

「お久しゅうござる」

何事もなかった顔で、一郎太は丁重に辞儀を返した。

桜香院の乗物が、濡縁の階段そばにつけられる。林専から目を離し、一郎太はあたりの気配を改めて嗅いだ。先ほどの羽摺りの者が近くに来ていないか。

──感じぬな。

藍蔵がひそむ栴の木のほうからも、殺気らしきものは伝わってこない。今も境内には風はほとんど吹き込んでおらず、どこもかしこも静かなものだ。

だからといって、先ほど入り込んできたはずの羽摺りの者が、善桐寺の境内を去ったとは思えない。

乗物が地面に下ろされ、腰元の一人に手を引かれて桜香院が階段の前に立った。いま羽摺りの者は近くにいない。それを一郎太は確信している。

濡縁に端座した別の腰元が、方丈の障子を横に滑らせる。胸を張って、桜香院が方丈に入っていく。

「百目鬼さま、昼餉はもうお済みでございますか。もしまだでしたら、ご一緒にいかがでございますか」

にこやかな顔つきで林専が一郎太にきく。

「お誘いいただき、まことにありがたいのですが、それがしは遠慮させていただきます」

さようでございますか、と林専が残念そうな顔になる。

「せっかくこうしてお目にかかれたので、お話をしたかったのですが……」

「申し訳ありませぬ」

「いえ、謝られるようなことでは……」

目尻にしわを刻み、林専が柔和に笑んだ。

「では、拙僧はこれで失礼いたします」

方丈内に姿を消した桜香院を追うように、林専が歩き出す。方丈で食事をとるのは桜香院のほかに三人の腰元、花井に加え、供侍がもう一人のようだ。

その人数で、この境内にひそんでいるはずの羽摺りの者が襲いかかってきたとき、果たして桜香院を守りきれるのか。

無理だ、と一郎太は断じた。

――やはり俺は、母上のそばを離れるわけにはいかぬ。

「ご住職」

考え直した一郎太は、すぐさま林専を呼び止めた。はい、と林専が振り返る。

「まことに、昼餉を供していただけるのですか」

「お安い御用ですよ」

一郎太に体ごと向き直って、林専が深くうなずく。

「それがしは二人連れなのですが、それでも構いませぬか」

「大丈夫ですよ」

「では、まことに厚かましいのですが、二人分の昼餉をお願いできましょうか」

「ええ、わかりました。方丈で召し上がるのですな」

「そうさせていただければ」

「承知いたしました」

軽やかに答えて、林専が一人の修行僧を手招いた。

「新しい膳を二つ、方丈に持ってくるよう台所の者に伝えなさい」

はっ、と林専に低頭して、修行僧が台所のほうへ足早に向かう。

残りの二人の修行僧の手で、握り飯が入っているらしい竹皮包みが、三人の供侍や陸尺、中間たちに渡されていく。礼を述べて、男たちが次々に受け取る。

――供の者たちは握り飯か。あれで足りればよいが……。

三人の供侍が濡縁の前に腰を下ろし、竹皮包みを開いた。いただきます、といって握り飯を嬉《うれ》しそうにほおばる。

陸尺や中間たちは地面にあぐらをかいて、竹皮包みの紐を解いた。

「では百目鬼さま、まいりましょう」

林専が一郎太をいざなう。かたじけなく存じます、と応じて一郎太は灌木の茂みへ顔を向け、藍蔵を呼んだ。

はっ、と返事があり、すぐに藍蔵が姿をあらわした。

「あのようなところにいらしたのですか」

林専が驚きの顔を見せた。

「申し訳ありませぬ。いろいろとありまして」

ふふ、と林専が笑いをこぼす。

「どの大名家にもさまざまなご事情があるのは、拙僧もよく存じておりますよ」

林専の目が再び藍蔵に向く。

「あのお方は、百目鬼さまの御小姓《おこしょう》でいらっしゃいましたね」

「さようです。今は小姓ではありませぬが。神酒藍蔵と申します」

「ああ、神酒さまでしたね」

林専に挨拶した藍蔵に一郎太は、方丈で昼餉を食することになったいきさつを語った。林専とともに濡縁に上がる。

障子を開けた林専に、どうぞといわれ、一郎太は一礼して部屋に足を踏み入れた。火鉢がいくつか置かれ、ほっとする暖かさに包まれていた。

桜香院たち六人が膳の前に座し、すでに食事をはじめていた。

入ってきた一郎太と藍蔵を見て、桜香院が瞠目《どうもく》した。箸が中途で止まる。

「母上、ご一緒させていただきます」

それだけを口にして、一郎太は刀を鞘《さや》ごと腰から外し、桜香院の真横に座した。

そこは本来、林専が座るべき場所だったのかもしれないが、この際、席次などどうでもよいことだろう。桜香院を守りやすい場所であることが、なによりも優先される。

にこやかに笑んで林専が一郎太の斜め向かいに端座し、失礼いたします、と断って藍蔵が一郎太の背後に座った。

二つの膳が修行僧によって運び込まれ、一郎太と藍蔵の前に置かれた。

「どうぞ、遠慮なくお召し上がりください」

林専にいわれ、再び頭を下げて一郎太は箸を取った。

「いただきます」

茶碗《ちゃわん》を持ち、平静さを崩さずに一郎太は食事をはじめた。背後の藍蔵も同様である。

魚も肉もない精進料理だが、材料はどれも吟味されているようで、四年前と変わらないおいしさだった。

——だが、俺の境涯は様変わりしたな。

四年前は気がかりなどまったくなく、北山とはどんなところなのか、彼《か》の地でどのような家臣が待っているのか、どんな政《まつりごと》ができるのか、一郎太は希望と期待に胸をふくらませていた。

——今とは、まったくちがう……。

しかし、と思った。今度の北山行きですべてを片づけ、終わらせることができれば、窮屈さとは縁のない暮らしが待っているのだ。

——思う存分、江戸での暮らしを楽しんでやる。

しかも、静とずっと一緒にいられるのだ。どんなに心が弾むことだろう。

食事が終わり、一郎太は茶を喫しつつ林専と談笑した。

そのあいだに、二人の腰元がまず厠に行った。花井も桜香院のことを配下の侍に頼み、一郎太と藍蔵にも頭を下げて出ていった。

「月野さまはよろしいのですか」

小声で藍蔵にきかれた。

「俺はよい」

一郎太はささやき声で返した。

「いま母上のそばを離れるわけにはいかぬ。そなたはどうだ。行きたければ、今のうちに行ってくるがよい」

「それがしも大丈夫です。いざとなれば、立ち小便で済ませますし……」

そうか、と一郎太はうなずいた。林専に茶のおかわりを勧められ、静かに喫した。体に染み渡っていくかのようで、しみじみとうまかった。

藍蔵も、目を細めて茶を飲んでいる。桜香院は居眠りをしているかのように目を閉じ、身じろぎ一つしない。

そこへ、二人の腰元が戻ってきた。桜香院が目を開ける。二人と入れ替わるように初江という若い腰元が立ち上がり、桜香院に断って厠に向かった。

——母上は行かずともよいのか。

桜香院の様子を見る限り、尿意は催していないようだ。乗物の中で御虎子を使い、済ませたのかもしれない。

――それにしても花井は遅い……。

そのことが一郎太は気にかかった。ほぼ同時に厠に行った二人の腰元は戻ってきたのに、花井はなにをしているのか。厠はたいてい男のほうが早いものだ。

――まさか下痢でもしているのではなかろうな……。

そのとき、障子の外に人の気配が立った。花井が戻ってきたか、と障子を見つめた。すぐに首をひねった。

――花井にしてはなにやら気配が妙だ……。

もしや濡縁に立っているのは、花井ではないのか。一郎太は、かたわらの刀を引き寄せた。背後の藍蔵も刀に手を置いたのが、気配で知れた。

するすると障子が横に動き、花井の顔が見えた。ほっとしたが、おや、と一郎太は目をみはった。

厠に行く前と、顔つきが変わっていたのだ。両の目尻がつり上がり、瞳は虚《うつ》ろで、どこを見ているのかはっきりしない。

――なにがあった……。

「花井、どうかしたのか」

敷居を越えてきた花井に、一郎太は声をかけた。だが、花井は返事どころか、一郎太に一瞥《いちべつ》さえくれなかった。方丈を出ていく際に右手に持っていた刀を、今は腰に差している。のしのしと足音も荒く、桜香院に向かってまっすぐ進んでいく。

——まさか。

咄嗟《とっさ》に立ち上がり、素早く動いて一郎太は花井の前に立ちはだかった。

「なにをする気だ」

花井を見据え、質した。しかし花井は答えなかった。刀の柄に手を置いて鯉口《こいぐち》を切り、すらりと抜刀した。無造作に一郎太の横を通り、桜香院に近づこうとする。

——こやつ、母上を害そうというのか。

「花井っ」

一郎太は怒号し、花井に体当たりを浴びせた。どん、と鈍い音が立ち、花井が後ろに吹っ飛んだ。

畳の上に背中から倒れ込んだが、刀はがっちりと握って手放さなかった。勢いをつけて立ち上がった花井は、桜香院に目を向けると、大股に足を運びはじめた。

「花井、なにをするのです」

叫んだ桜香院があわてて立ち上がろうとするが、裾《すそ》がもつれてうまくいかない。

母上、と呼びかけて一郎太は桜香院を背にし、愛刀の摂津守順房《せっつのかみよりふさ》を抜いた。近づいてくる花井を冷静に見つめる。

花井自身、さしたる遣い手ではなく、倒すのは難しくない。だが、まさかここで斬り殺すわけにはいかない。

――多少、怪我《けが》をさせるのは致し方あるまい。気絶させればよいか……。

おそらく、と一郎太は奥歯を噛み締めて花井を凝視した。

――羽摺りの者に、めくらましの術をかけられたに相違あるまい。でなければ、桜香院の実家の安部家から百目鬼家にやってきた家臣が、こんな真似をするわけがない。桜香院には、特に強い忠誠を誓っている男なのだ。

――花井が厠に行くのを、羽摺りの者め、待ち構えておったな。打つ手が、いかにも忍びらしい。厠というのは、まったく考えなかった。隙を衝《つ》かれた感じだ。

――もし俺がこの場にいなかったら、母上はまちがいなく殺されていた。

それを思うと、ぞっとする。昼餉をともにして本当によかったと、一郎太は思った。なにも目に入っていないかのように、花井が突き進んでくる。

――いや、母上だけは見えているようだ。

刀を右手にだらりと下げた花井が、桜香院に近づこうとする。足を動かし、一郎太は花井の行く手を遮った。すると、花井が一郎太の左側を通り抜けようとした。横に動いてそれも阻んだ。

それでもあきらめずに花井は何度か桜香院に近づこうと試みたが、そのたびに一郎太は阻止した。

どうやっても桜香院に近づけないのに苛立《いらだ》ったようで、花井が憤怒《ふんぬ》の形相になり、なにやつ、といわんばかりの目つきで一郎太をにらみつけてきた。

「花井、やめい」

刀を構えて、一郎太は叱咤《しった》した。しかし花井の目尻はいまだにつり上がっており、瞳は虚ろなままだ。

——怒鳴ったくらいで、正気に返るはずもないか……。

目くらましの術をかけられているのなら、当然だろう。術を解かなければ、花井は元に戻らないのだ。

目の前の邪魔者を除かないと桜香院を殺せないと、花井はついに覚ったようだ。ぎらりと光を放った瞳が一郎太を捉える。

「死ねっ」

深く踏み込んで一郎太を間合に入れるや、花井が袈裟懸《けさが》けに刀を振り下ろしてきた。

一郎太は摂津守順房の峰で、花井の斬撃を打ち返した。きん、と鋭い音が方丈内にこだまする。

一郎太の一撃を受け、花井の両腕が力なく上がる。片膝ががくりと折れ、花井がよろめいた。すかさず一郎太は、峰打ちで花井の首を打とうした。

だが、花井は体勢を崩しながらも、右腕だけで刀を振り上げてきた。その斬撃は意外な伸びを見せ、一郎太は動きを止めてその場に踏みとどまるしかなかった。

——ほう、なかなかやる。

さすがに供頭だけのことはあり、しっかり鍛え込んでいるようだ。思っていた以上に花井という男は強い。

むろん、一郎太には余裕がある。真剣での戦いにもだいぶ慣れた。やはり場数というのは大事だ、と心から思った。

ふう、と猪《いのしし》のうなりのように強く息を入れた花井が一郎太を見つめる。足を踏み出し、刀を胴に振るってきた。ただの一撃で一郎太を仕留めてやろうというのか、その斬撃は大振りになっていた。

そのために花井の右の肘《ひじ》に隙ができており、振りはむしろ鋭さを欠いていた。刀をかわすまでもなく、一郎太は一瞬の動きで花井の真横に出た。

刀が空を切り、花井がまごついたように見えた。ただし、眼差しの先に桜香院がいるのに気づいたらしく、かっと目を剝《む》いた。

済まぬ、と一郎太は心で花井に謝ってから、がら空きの首筋に峰打ちを見舞った。

びしっ、と音が立ち、ぐえっ、ともどすような声を上げて花井が両膝を畳についた。ううぅ、と苦しげにうめき、前のめりに倒れた。

その弾みで畳の上の膳がひっくり返って、がしゃんと大きな音を立てた。膳にのっていた食器が散乱する。

吸物の汁を顔に浴びた花井はうつ伏せになり、微動だにしない。

——手加減したゆえ、大事ないと思うが。

花井の配下の供侍は、ただ呆然《ぼうぜん》と突っ立っていた。林専も目をみはっている。二人の腰元は、目の前で繰り広げられた真剣での戦いに度肝を抜かれたらしく、畳にへたり込んでいた。

藍蔵は、桜香院のかたわらに立っていた。もし一郎太に万が一があったとしても、桜香院を守れる位置にいたのだ。済まぬ、と一郎太は目で感謝の意を伝えた。

「母上、お怪我はありませぬか」

一郎太にきかれ、立ち尽くしていた桜香院がはっとなる。

「え、ええ、どこにもありませぬ」

桜香院の目が力なく動き、横たわっている花井を見た。

「なにゆえ花井はこのような真似を……」

わけがわからないという風情で、桜香院がつぶやく。

刀を鞘におさめて、一郎太は事の次第を話した。それを聞いて、桜香院が不安そうに身震いする。

「羽摺りの者が、目くらましの術を花井にかけたと申すのか……」

花井の手から刀を取り上げて、一郎太はうなずいた。

「とにかく、母上に何事もなくて幸いでございました」

「一郎太どの、わらわを守ってくださり、心からうれしく思います」

紛れもない本心のようだ。桜香院の瞳には、深い感謝の色が宿っていた。

——母上と俺を隔てていた垣が、少しは低くなっただろうか……。

だとしたら、命を懸けて桜香院を守った甲斐《かい》があるというものだ。

いつの間にか部屋に戻ってきていた初江が、散乱した食器を片づけはじめた。他の二人の腰元もそれを手伝う。

——必ずや羽摺りの者は、また仕掛けてこよう。次はどんな手を使ってくるものか。

一瞬たりとも気を緩めてはならぬ。

肝に銘じて、一郎太は丹田《たんでん》に力を込めた。そういえば、と思い出し、一郎太は気を失っている花井を見下ろした。

「花井の目くらましを解くのは、どうすればよいのか……」

一郎太にはその術《すべ》がない。

――目を覚ましたら、再び母上に斬りかかるのではないか……。

一郎太にはそんな懸念がある。

「まずいですな」

藍蔵も渋面をつくっている。

こほん、と林専が軽く咳払《せきばら》いをした。その咳払いになにか意味があるように感じられ、一郎太は林専に目を向けた。

「百目鬼さま」

すでに平静な表情を取り戻した林専が、控えめな声で呼びかけてきた。

「こちらのお侍が、羽摺りの者に目くらましの術をかけられたのは、まちがいないのですか」

「まちがいないと思います」

もしや、と期待を抱いて一郎太は答えた。

「ご住職は、目くらましを解く術をご存じなのですか」

なにしろ、と一郎太は思った。ここ善桐寺は風魔の者が創建したのだ。同じ忍びとして、術を解く手立てが伝わっていても不思議はない。

「もしこちらのお侍が、我らが風魔と似たような術で目くらましをかけられたのでしたら、まず解けると存じます」

自信を感じさせる声音で林専が答え、言葉を続ける。

「風魔も羽摺りも同じ忍びの者、さしたるちがいはないでしょう」

そうかもしれぬ、と一郎太は思った。風魔はもともと箱根あたりを根城としていた忍びで、羽摺りは木曽の御嶽山を本拠としている。どちらも、戦国の昔にすでに存在していた忍びの集団である。使っていた術も、似たようなものではないか。

「ご住職、お願いできますか」

「承知いたしました。やってみましょう」

顎を引いた林専が畳の上に端座し、花井の体を軽々と仰向《あおむ》けにした。花井は痩せているわけではなく、むしろ肥えている。

――それを易々《やすやす》と転がすように……。

これも風魔の技なのだろうか、と一郎太は思った。

閉じた花井の両まぶたを指で押し開けて、林専が瞳をのぞき込む。しばらく念を込めるように見つめていたが、やがてまぶたから手を離した。花井の目は開いているが、なにも映じていないのは明らかだ。

次いで、林専は花井の左右のこめかみに親指を押し当て、なにやら呪文のような言葉を唱えはじめた。一郎太には意味がわからない言葉を五度、繰り返す。そのたびに、林専は花井のこめかみを強く押し込んだ。

痛みを感じているのか、花井の頬がぴくぴくと引き攣《つ》った。

最後に、ひときわ強く押し込んでから、林専が花井のこめかみから指を離した。花井の目をそっと閉じる。

小さく笑みを浮かべて、林専が一郎太を見上げる。

「これで解けたと思います」

「ありがとうございます」

いいえ、と軽く首を横に振って林専が花井の上体を持ち上げた。あぐらをかかせ、花井の背後に回って活《かつ》を入れる。

花井が、うっ、と息を吹き返し、目を開けた。我に返ったような顔になったが、なにがあったのかわからないらしく、訝《いぶか》しげに周囲を見回す。すぐに、ううっ、とうめいて首筋を押さえた。

「痛いか」

一郎太はたずねた。

「はっ、少しだけでございますが。しかし、なにゆえここに痛みが……」

どうやら、なにも覚えていない様子だ。なにがあったのか、一郎太は詳《つまび》らかに語った。

「えっ、ええ」

あまりのことに、花井が言葉をなくす。首の痛みを忘れたようだ。

「それがしが厠で羽摺りの者に術をかけられ、桜香院さまを襲おうとした……」

あわてて体を動かして端座し、花井が桜香院の姿を捜した。

花井の背後に桜香院は立っていた。慈愛に満ちた目で花井を見ている。花井に対する信頼は失っていないようだ。

「安心しろ。そなたは母上には指一本、触れておらぬ。しかし、そなたを止めるために、俺がそなたの首に峰打ちを見舞った」

「ああ、さようでございましたか……」

痛みの理由に合点がいったらしい花井が居住まいを正し、いきなり腰の脇差を抜いた。逆手に握り返し、おのれの腹に突き立てようとする。

「この馬鹿者っ」

怒鳴りつけて、一郎太は手にしていた花井の大刀で素早く払った。きん、と音が響き、脇差が飛んで鴨居《かもい》に突き立った。

「そなたがここで死んだからといって、なにになるのだ。羽摺りの者に術をかけられたのは、自害するようなしくじりではない。まさか羽摺りの者が術をかけてくるなど、誰にもわからぬのだ。よいか、花井。これからも母上に誠心誠意、お仕えせよ。そなたがすべきことは、それだけだ。わかったか」

花井はうつむいている。両目から涙を流していた。

「承知か、花井」

再度、呼びかけられて花井が涙に濡れた顔を上げる。

「しかし殿、それがしは羽摺りの者に、また術をかけられるかもしれませぬ……」

そんな懸念があるのか、と一郎太は思った。

「とにかく、この旅のあいだは一人にならぬようにするのだ。常に誰かとともに動いておれば、術はかけられまい」

「おっしゃる通りにいたします」

「藍蔵と力を合わせ、俺が羽摺りの者どもは退治してやる。さすれば、そなたも安心できるであろう」

「はっ、まことにありがたきお言葉にございます」

「ところで花井」

声を落として一郎太は呼びかけた。

「八王子まで行けそうか」

「行けると存じます。歩けぬほどの痛みではありませぬ」

花井が首に手をやっていった。

「ならば花井、立て」

すぐさま一郎太は手を差し伸べた。それを見て花井が、えっ、という顔になる。

「構わぬ、俺の手を握れ」

「はっ、ありがたき幸せにございます」

首が痛くならないように一郎太は加減して花井を引き上げた。

「ありがとうございます」

立ち上がった花井が一郎太に感謝の目を向けてくる。

「これはそなたの刀だ」

一郎太は花井の大刀を返そうとしたが、わずかに顔をしかめた花井はすぐには受け取ろうとしなかった。

「殿、それがしにかけられた術は、完全に解けているのでございましょうか」

刀を手にしたら、また桜香院に斬りかかるのではないか、と花井は恐れているのだろう。

「大丈夫だ」

笑顔で一郎太は花井の肩を叩いた。

「術は、こちらのご住職がすっかり解いてくださった。安心して刀を帯びてよい」

「かたじけなく存じます」

林専に辞儀してから花井が大刀を手にし、鞘におさめた。ほっ、と小さく息を吐き出す。

「ご住職」

呼びかけて、一郎太は林専に向き直った。

「心底、驚かれたでしょうが、今の百目鬼家にはいろいろとありまして……。しかし、ご住職のおかげで、この先も旅を進められそうです。まことにありがとうございました」

思いの丈を言葉に込めて、一郎太は深く腰を折った。

「いえ、そのような真似はなさらず……。拙僧は大したことはしておりませぬので」

楽しそうに林専が笑んで、桜香院に目を向ける。

「もしまた今日と同じようなことがあっても、百目鬼さまがご一緒なら、桜香院さまも安心でございましょう」

はい、と桜香院がうれしそうにうなずく。

「ご住職のおっしゃる通りでございます。まことに頼りになるせがれでございます」

桜香院が頼もしそうに一郎太を見つめる。母上の眼差しの色に嘘はないと、一郎太は確信した。

――まことに、隔ての垣は低くなってきているようだ……。

一郎太にとって、今はそれがこの上ない喜びに感じられた。

四

一郎太と藍蔵は、桜香院の乗物に付き従って甲州街道を歩いた。

住職の林専に礼を告げて善桐寺を九つ半に出たあとは、冷たい風がひどく強いだけで、道中は平穏そのものだった。羽摺りの者がこちらを監視しているのはまちがいなかったが、仕掛けてくる様子はまったく見せなかった。

——母上を狙ってくるとしたら、やはり明日の小仏峠か……。

きっとそうにちがいない。

「月野さま、じき八王子宿でございますな」

どこか懐かしそうな顔で、藍蔵が語りかけてくる。一郎太たちは八王子宿まで、もう十町もないところまで来ていた。

「四年前のお国入りの際は、我らは本陣に泊まりましたな」

これから脇本陣に泊まろうという桜香院の供たちの目を気にしたか、藍蔵が小声で話した。うむ、と一郎太もささやくように返した。

「泊まったのは藤菜屋《ふじなや》という宿だったな。本陣に泊まるのは生まれて初めてで、俺は心が弾んでならなかった」

「藤菜屋の泊まり心地はいかがでございましたか」

「実によかった。特に風呂が広くて、上屋敷のものより、ずっと気持ちがのびのびした。あのときは心からくつろげて、旅とはよいものだ、としみじみ思った」

「今も、風呂に浸《つ》かりたいのではございませぬか」

「浸かりたいな。なにしろ、恐ろしく寒いからな」

相変わらず空を厚い雲が覆っており、今は雪まじりの風が正面から吹きつけてきている。特に足先が冷えきっており、痛みすら覚えていた。

手の指もかじかみそうになっているが、それではいざというとき刀を抜けなくなる恐れがあり、一郎太はしきりに指を動かし、温めるように気を使っていた。

それでもこの寒さに自然に背が丸まりそうになるが、それではおのれに負けるような気がし、一郎太は昂然《こうぜん》と胸を張って歩いた。

——俺は江戸生まれの江戸育ちだ。江戸っ子はやせ我慢こそが命だ。

「こんな寒い日に、熱い湯にとっぷりと浸かったら、さぞかし心地よいでしょうなあ」

「たまらぬだろう」

「早く宿に着きたいですな」

「まったくだ」

「今宵《こよい》の宿は、我らも脇本陣の母衣屋《ほろや》でございますか」

「そのつもりだ。母上から離れるわけにはいかぬ」

やがて一郎太たちは、八王子宿に入った。

「ああ、着きましたな」

ほっとした顔になって、藍蔵が八王子宿を見渡す。うむ、と一郎太はうなずいた。

八王子宿は横山《よこやま》宿と八日市《ようかいち》宿を中心に、全部で十五の宿場が連なっており、四十軒の旅籠がある。本陣は一軒で、脇本陣は二軒である。

「思ったよりも、ずっと盛っていますな」

日没が間近に迫っているせいか、人通りはかなりある。

「うむ、小仏峠越えを翌日に控えて、この宿場に泊まる旅人が多いからな」

「しかし、日暮れ前に着いてよかったですな」

まったくだ、と一郎太は答えた。

「日が没してから街道を行くのは、やはりぞっとせぬからな」

一郎太と藍蔵は夜目が利くとはいえ、闇は忍びのほうが得手としている。夜は忍びの領分といってよい。もし夜間に戦うとなれば、一郎太たちは不利を免れないだろう。

八王子宿内をしずしずと進んだ桜香院一行は予定通り、母衣屋の門をくぐった。一郎太と藍蔵は母衣屋の門前で足を止めた。

「さて、我らも泊まれますかな」

「部屋が空いていれば、大丈夫だろう」

実際、脇本陣や本陣は、町人でも泊まれる。大名や旗本、公家などが泊まる予定がない日は、宿泊できるのだ。

もちろん旅籠とはちがい、目の玉が飛び出るほど高価である。仮に泊まれるとわかっていても、敬遠する者がほとんどであろう。

門を入っていった乗物が座敷のほうへと、じかに運ばれていくのが見えた。乗物に乗るような身分の者は、玄関から宿内に上がるようなことはない。乗物を降りたら、即座に用意された部屋へ入れるようになっているのだ。四年前の一郎太もそうだった。

一郎太は、桜香院の乗物の動きを目で追った。庭の奥で乗物が止まり、地面に下ろされた。引戸が開き、桜香院が腰元の手を借りてゆっくりと出てくる。

目を動かし、一郎太は、桜香院のために供される部屋の気配をうかがった。その部屋は障子が閉まっていたが、別に剣呑な気配は感じない。誰もひそんでおらぬ、と一郎太は判断した。

障子が開かれ、花井と供侍が桜香院に先んじて部屋に入る。部屋に誰かひそんでいないか、妙なところがないか、しっかりと確かめている様子だ。花井によくよく用心するように、と一郎太は告げてある。

桜香院が泊まる部屋は二間続きで、上の間と下の間があるようだ。一郎太が感じた通り、部屋に怪しい者はひそんでいなかったらしく、花井が桜香院を丁寧に手招く。三人の腰元に守られて、桜香院が部屋に入っていく。静かに障子が閉められ、桜香院の姿が消えた。

宿の者が門のそばに立つ一郎太たちに気づき、揉《も》み手《で》をして寄ってきた。いかにも腰の低そうな中年の男だ。

「あの、先ほど供頭の花井さまからうかがったのですが、お二人は桜香院さまゆかりのお方でいらっしゃいますね」

なかなか気が利くではないか、と一郎太は花井に感心した。

「その通りだ。部屋は空いているか」

すぐさま藍蔵が奉公人にたずねた。

「はい、空いております」

にこにこと笑んで奉公人が答えた。

「ならば、桜香院さまの近くに部屋を用意してくれぬか」

「承知いたしました。お向かいの部屋でよろしいでしょうか」

「それは願ってもない。向かいということは、廊下を挟んでいるのだな」

「さようにございます」

その近さならば、桜香院の身に変事が起きても、すぐに駆けつけられよう。

「手前は番頭の磐蔵《いわぞう》と申します。どうか、お見知り置きを……」

「磐蔵だな。よろしく頼む」

「では、ご案内いたします」

誰かこちらを見つめている者がいないか、一郎太はいったん甲州街道に目をやった。いるようには思えなかったが、羽摺りの者が監視していることを覚らせるはずもないだろう。

一郎太と藍蔵は、磐蔵に続いて母衣屋の玄関に足を踏み入れた。

玄関の式台《しきだい》に腰かけ、宿の若い者が持ってきたたらいで足を洗った。ありがたいことに、たらいには湯が入っていた。

その優しい温かさに、一郎太は心からほっとした。足から汚れをすべて落とすと、疲れが吹き飛んだような気がした。

手ぬぐいをもらい、一郎太たちは足を拭いた。すっきりとしたところで、手行灯《てあんどん》を持つ磐蔵に部屋へ案内された。

「こちらでございます」

冷え切った廊下を進んだ磐蔵が足を止め、雪山の上を飛ぶ鶴が描かれた襖《ふすま》を横に滑らせた。よい部屋だ、とひと目見て一郎太は気に入った。目の前にあるのは、掃除の行き届いた八畳間である。すでに炭の熾《お》きた火鉢が置かれていた。

「暖かそうだな。実にありがたい」

「お客さまには心地よく過ごしていただきたいですから、当たり前のことでございます」

「そうか。まさしくもてなしというものだな」

一郎太は向かいの部屋を見た。こちらの襖は、降る雪に綿帽子をかぶった池の小島という図である。

「こちらが桜香院さまの部屋だな」

向かいの襖を指さして藍蔵がきいた。

「さようにございます」

万太夫が、この宿で桜香院の毒殺を企《たくら》んでいないとも限らない。万太夫の企みを防ぐためには、桜香院の向かいの部屋というのは、実にありがたかった。

敷居を越え、一郎太たちは部屋に荷物を置いた。行李《こうり》を下ろし、さすがに藍蔵もほっとした顔を見せた。

火鉢は暖かな熱をじんわりと放っており、一郎太はその場を離れがたくなりそうだった。

「あの、宿帳をお願いできますか」

磐蔵が、一冊の帳面を一郎太に差し出してきた。

「藍蔵、頼む」

わかりました、と藍蔵が帳面にすらすらと筆を走らせる。一郎太がちらりと見ると、藍蔵が宿帳に記した住処《すみか》は、根津《ねづ》にある槐屋徳兵衛《さいかちやとくべえ》の家作《かさく》だった。

「ありがとうございます」

宿帳を受け取り、磐蔵が一郎太たちに辞儀した。

「じき食事にいたしますが、よろしいでしょうか」

「桜香院さまの部屋で一緒に食べたいのだが、構わぬか」

すぐさま一郎太は磐蔵に申し出た。

「桜香院さまのほうは、それでよろしいのでございましょうか」

「うむ、大丈夫だ」

仮に桜香院がいやだと断っても、一郎太としてはともに夕餉を食するつもりでいる。

——なに、断られるようなことは、まずあるまい。

宿帳を手に磐蔵が出ていくや、一郎太と藍蔵は桜香院の部屋に赴いた。

桜香院は上の間に座し、脇息《きょうそく》にもたれていた。そばに炭が真っ赤に熾きた火鉢が置かれ、その熱がほんのりと桜香院を照らしていた。

「母上、夕餉をご一緒させていただきますが、よろしいでしょうか」

桜香院の前に座り、一郎太はたずねた。

「ええ、もちろんです」

どこかうれしそうに桜香院が答えた。

やおら立ち上がり、一郎太は部屋を出ようとした。

「一郎太どの、どこに行くのですか」

「用心のためにこの宿の中を見回っておきたいのです」

「さようですか。わかりました。気をつけて行ってください」

これまでほとんど耳にしたことのないような明るい声を発し、桜香院がうなずいた。

——隔ての垣が、また少し低くなったようだな。

それを一郎太はうれしく感じた。一礼して廊下に出、玄関に向かう。玄関に置いてあった草履《ぞうり》を借りて、庭に出た。庭には夕餉のものらしい出汁《だし》の香りが漂っていた。

これは台所から流れてきているのだろう。その香りを追いかけるようにして敷地内の道を歩き、台所を目指した。

中から盛大に上がっている煙を逃がすためか、この寒さにもかかわらず、勝手口は大きく開いていていた。

物陰に立ち、一郎太は台所を眺めた。

しばらくじっと見ていたが、ここも善桐寺と同じく、怪しい者の気配はまったく感じなかった。

――これならば、毒を盛られる気遣いはないな。

むろん、油断はできない。少しでも心を緩めたら、必ず付け込まれる。忍びとは、そういう生き物だ。

――それにしても、いいにおいがするな。

台所から流れてくるにおいに、一郎太はそそられた。さすがにひどく腹が減っている。

やがて台所から、女中たちによって膳が運び出されていくのが見えた。女中は八人ほどいるのが知れた。

ほかにこれといった宿泊客もないようだ。あれらは、桜香院の部屋に運ばれる膳であろう。物陰を音もなく出て、一郎太は素早く台所に近づいた。

「ごめん」

勝手口に身を入れると、料理人たちが驚きの目を向けてきた。その目を逃れるように草履を脱ぎ捨て、土間から板の間に上がった。八人の女中のあとを追う。

一郎太は、膳が桜香院の部屋に運ばれる途中、天井から糸で毒を垂らされるのを恐れていた。

――羽摺りの者は、それくらい平気でやるだろう。

一郎太は、八人の女中の一間ほど後ろを歩いた。羽摺りの者がなにか仕掛けてこないか、ひたすら気を配った。

結局、何事もなく、八人の女中は桜香院の部屋の前に着いた。夕食をお持ちいたしました、と先頭の女中が声を上げた。

「入ってくれ」

中から花井の声が返ってきた。膝をついた女中が右手だけで襖を開けた。失礼いたします、と頭を下げて部屋に入っていく。その後ろを他の女中たちが続いた。

——なにもなかったな。

安堵の息をついた一郎太は、女中たちが出てくるのを待ってから敷居を越えた。

これで夕餉にありつけると思うと、さすがにうれしかった。

五

一町ほど先で立ち止まった桜香院一行が右に折れたのを、万太夫は目にした。

——どうやら、あそこに母衣屋という脇本陣があるようだ。

一郎太と藍蔵は桜香院一行を先に行かせ、しばらく母衣屋の門前に佇《たたず》んでいたが、やがて宿の奉公人とおぼしき男に連れられて、門をくぐっていった。

その様子を眺めて万太夫は、くそ、と毒づいた。腹が立ってならない。

――桜香院は、いまだに生きておる。あの花井という供頭も、桜香院の乗物についておった……。

またしても五郎蔵はしくじったのだ。

――花井に術をかけそこねたにちがいあるまい。

忌々《いまいま》しかった。桜香院一行が善桐寺をあとにしてすでに二刻以上もたっているが、五郎蔵は首尾を知らせに来ない。

――やつめ、今度こそ命がないと知り、逃げおったな。

一郎太や桜香院の始末が終わったら、と万太夫は心に決めた。

――必ず捜し出し、この手でくびり殺してやるわ。五郎蔵め、わしの目を逃れられると思うな。

怒りを腹にたたえつつ、万太夫は母衣屋に向かって足を進めた。

母衣屋の手前に、一本の路地が口を開けている。その路地を入り、母衣屋の勝手口の側に回った。

すでに夕闇の気配が下りてきて、あたりは薄暗くなっていた。雪まじりの風は、さらに冷たさを増している。

塀を乗り越え、万太夫は母衣屋の裏庭に入り込んだ。そこからするすると屋根に上がり、瓦を剝いだ。

天井裏に、するりと入り込む。

無闇に動くことはせず、万太夫はまず一郎太の気配を嗅ぐことに専念した。

——やつはどこにおる。

すぐに察知した。巨大な魂を感じさせる者が、この宿の中にいるのだ。紛れもなく一郎太であろう。

——なんという男だ。殺しても死にそうもないではないか……。わしも、厄介な男と対峙《たいじ》する羽目になったものよ。

そんな思いが胸中をよぎり、天井裏にひそんだ万太夫は顔をしかめた。

——いや、弱気になってどうする。わしに倒せぬ者など、一人もおらぬ。どれほど大きな魂の持ち主であろうと、必ず殺れる。

自らに気合をかけて万太夫は一郎太のいるほうを目指し、天井裏をそろそろと動きはじめた。

いくつもの蜘蛛《くも》の巣を破りつつ、一郎太のすぐそばまで来たところで、動きを止めた。下から、なにやら男女の話し声がしている。

万太夫は耳を澄ませた。一郎太と桜香院が話をしているようだ。出汁の香りが天井裏にまで漂ってきていた。

――ここは、桜香院の部屋のようだな。夕餉の最中か……。二人で重太郎《しげたろう》という子供の心配をしていた。

一郎太と桜香院は、仲がよさそうに語り合っている。二人で重太郎という子供の心配をしていた。

桜香院が重い病にかかった孫のために北山に赴こうとしていることは、万太夫はむろん知っている。

――仲が悪いと聞いていたが、一郎太と桜香院は和解したのか。

この打ちとけた様子は、そういうことなのではないか。

――いつの間にそんな仕儀になったのか。

ならば、と万太夫は決意した。

――わしの手で桜香院を殺してやる。

桜香院など、花を手折《たお》るようにいつでも殺せるのだ。

――これまで桜香院は、きさまを殺すための囮《おとり》に過ぎなかったが、今はちがう。桜香院を殺すことで、きさまをどん底に突き落としてやる。

万太夫は心の中でほくそ笑んだ。

――わしがここにいるというのに、一郎太は気づいておらぬ。そんな男に、わしが負けるわけがない。なにが大きな魂の持ち主だ。笑わせるでない。

万太夫は天井裏にひそみ続けた。

やがて食事が終わり、一郎太が桜香院に告げる。

「母上、我らは向かいの部屋におります。なにかあれば、声を上げてください。すぐに駆けつけます」

「一郎太どの、かたじけなく存じます。どうか、よろしくお願いいたします」

殊勝な声で桜香院が応じた。

——どうやら和解は本物といってよかろう。

しかし、と万太夫は思った。

——一郎太は向かいにおるのか。わしの気配も覚れぬ男が、のほほんとこれからそこで眠ろうというのか。

ならば、わざわざ桜香院に矛先を向けることはないのではないか。今宵こそ一郎太を殺すのに、絶好の機会ではないか。桜香院を亡き者にするためにそれを逃すのは、あまりにもったいなさすぎる。

万太夫は桜香院の部屋の天井裏にひそみ、一郎太の気配を嗅ぎ続けた。

確かに、一郎太と藍蔵の二人は向かいの部屋にいる。それはまちがいない。

ふと二人が廊下に出てきた。この宿の湯はどうなのでしょうな、と藍蔵がのんびりしたことをいっている。

——桜香院の警固をほったらかして、湯に行くのか……。

どうすればこれほど気ままに振る舞えるのか、と万太夫は呆《あき》れた。

しかし、この機を逃すわけにはいかない。万太夫は一郎太の部屋の天井裏に移動した。

天井板を少しずらして、眼下を見る。行灯がつけられており、ほんのりと明るい。すでに二つの布団が敷かれていた。

さすがに脇本陣というべきか、敷布団だけでなく、掛布団まで用意してあった。万太夫は、これまで一度も掛布団など使ったことはない。

やがて一郎太と藍蔵が戻ってきた。万太夫は天井板をもとに戻して、聞き耳を立てた。

よし寝るか、と一郎太がいい、そういたしましょう、と藍蔵が応じた。二人とも刀を抱いて布団に横になったのが、目にせずとも知れた。

行灯はつけっぱなしのようだ。なにかあった際、あわてないようにするためだろう。気息を殺して万太夫は、二人の様子をうかがった。旅の疲れが出たのか、二人ともあっさりと眠りに落ちたようだ。

一郎太は静かな寝息をついているが、藍蔵のいびきはひどい。

――まるで牛でも鳴いているかのようだ。

よくこれで一郎太は眠れるものよ、と万太夫は感心した。毎晩のことで、慣れているのかもしれない。

——しかし、このいびきはわしの気配を消してくれよう。よし……。

音もなく天井板を外し、万太夫は再び真下を見た。行灯に照らされて、二つの布団の盛り上がりが見える。

左側の布団に藍蔵がおり、盛大にいびきをかき続けている。

ならば、右側が一郎太である。寒いのか、顔まで掛布団に入れてすっぽりとくるまっていた。

——一郎太のやつめ、実は眠っておらぬのではないか……。

そんな疑いが生じ、万太夫は心を集中して右側の布団の気配を嗅いだ。

しかし、まったく気を感じ取れない。これは安寝《やすい》している証であろう。

——よし、殺れる。

決して力むことなく、万太夫は畳に舞い降りた。すでに道中差は抜いている。掛布団ごと、一郎太の体を突き通すつもりでいる。

一郎太の布団に近づいて万太夫は道中差を逆手に持ち、切っ先を定めた。四天王をはじめ、一郎太に殺されていった者たちの無念をこれで晴らせる。

死ねっ、と心で叫んで、万太夫は道中差を布団に突き刺した。

どす、と音がし、道中差が布団に突き立った。やった、と万太夫は思わなかった。

人を殺したときの手応えがまったく伝わってこなかったからだ。

万太夫はすぐさま掛布団を剝いだ。そこにあったのは行李だった。

――なにっ。

その直後、背後に人の気配を感じた。振り返る間はなかった。刀が胴に振られたのを感じ、万太夫は横に跳んだ。

ぎりぎりで斬撃をかわした。まさに間一髪だった。

――わしを待ち構えておったのか。

万太夫の背後から刀を振ってきたのは、まちがいなく一郎太である。

がばっと布団から起き上がり、藍蔵も刀を振ってきた。それも万太夫は避けた。

――一郎太は、いつの間に布団を抜け出たのだ。

おそらく藍蔵のいびきを隠れ蓑《みの》にし、こちらに気配を覚らせなかったのだろう。

――つまり天井裏にいたわしに、気づいていたということか。

そこまで考えて、そうだったのか、と万太夫は即座に解した。

――わしが桜香院の部屋の天井裏にひそんでいたのも、やつは覚っていたのではないか。それゆえ、わざと隙を見せたのだろう。

一郎太の意図にまったく気づかなかった。調子に乗りすぎていたのだ。

――やられた。

今は逃げるしかあるまい、と万太夫は一瞬で判断した。一郎太に先手を取られた以上、退勢を挽回《ばんかい》するのは難しい。その上、藍蔵も攻撃に加わっている。

一郎太の袈裟懸けをかわして横に跳んだ万太夫は襖を蹴倒し、廊下に出た。そこから一気に走った。

追いすがってくる気配を感じた。振り返ると、二間ほど後ろに一郎太がいた。一瞬、ここでやり合ってもよいか、と万太夫は思ったが、やめておこう、と考え直した。

——今はやつのほうに流れがいっておる。日を改めるほうがよい。

万太夫は母衣屋の外に走り出た。あきらめずに一郎太は追ってくる。よほどここで決着をつけたいのだ。

——気持ちはわからぬでもないが、きさまには追いつけぬ。

万太夫は心で冷笑を浴びせるや、一気に速さを上げた。庭を駆け、塀を跳び越える。甲州街道に出た。街道は暗く、ほとんど人けはない。

背後からは、すでに気配が消えている。一郎太をあっさりと振り切ったのを、万太夫は感じた。

——やつとの本当の勝負は、まだ先だ。

万太夫は闇の中を走った。八王子宿からさほど離れていないどこかで、仮眠を取るつもりでいる。

忍びといえども、休みは取らなければならない。休むことの大切さを、万太夫は熟知していた。

第三章

一

帳簿をそっと閉じた。

二十冊あったうちの最後の一冊である。国家老の神酒五十八は、それを一番上に積んだ。

——全部を余さず調べてみたが、妙なところは見つからなかったな……。

五十八は、二十冊の帳簿を朝からずっと見続けてきた。

さすがに目に疲れを覚えた。両肘《りょうひじ》を文机《ふづくえ》につき、両のこめかみに人さし指を押し当てた。太陽と呼ばれるつぼを、痛くないようじっくりと揉《も》む。

しばらく続けていると、目の疲れが取れ、すっきりした。改めて、最後に見た帳簿を手に取り、表紙に目を当てる。そこには『寒天出納帳《すいとうちょう》』と書かれていた。

——釈然とせぬ。

前《さき》の江戸家老だった五十八は黒岩監物の策動によって国家老に落とされ、美濃北山に赴任してきたばかりである。それまで国家老をつとめていた監物は五十八と入れ替わるように、新しい江戸家老となった。

住み慣れた江戸を離れるのはさすがに辛《つら》かったが、五十八は、今回の異動は、北山の名産である寒天の収支を調べるのに、またとない機会だとも思っていた。江戸家老のときから、寒天の売買には、なにか妙な金の流れがあるのではないかと注目していたのだ。

——きっと監物は一枚、噛《か》んでおる。

目の前に積まれた二十冊の帳簿は勘定方が保管していたもので、五十八はしかるべき者に命じて提出させたのである。

北山三万石の名産となっている寒天は、城下にある三軒の商家が百目鬼家の許可を得て、専売している。

出雲屋《いずもや》、宮瀬屋《みやせや》、知多屋《ちたや》という大店《おおだな》はいずれも江戸や上方におびただしい量の寒天を出荷しているが、質のよさから引く手あまたで、莫大《ばくだい》な儲《もう》けを上げていた。

三軒の店が得た利益は百目鬼家にも還元され、主家に十分すぎるほどの恩恵をもたらしている。

——これだけの寒天の実入りがあるゆえ、一郎太さまは年貢を減らそうとなされたのだ。

民が富まねば国は富まぬ、という信念のもと、一郎太は年貢を六公四民から三公七民に変更しようとした。

その試みは当然のことであろうと、五十八は思うのだ。三公七民にしたところで、家中の懐は一向にいたまず、家臣たちの暮らしに変わりはないはずなのである。

だが、年貢が減ることで家禄《かろく》まで減らされるとの話が流布し、家中の反対は熾烈《しれつ》を極めた。そのために、一郎太は命を狙われるはめになった。

——家臣たちに思いちがいさせるよう仕向けたのは、黒岩監物であろう……。

結局、一人で領内の賭場に出かけたところを一郎太は襲われ、大勢の家臣を返り討ちにすることになった。

かわいい家臣を手にかけたのは決して許されぬことだ。一郎太はその責任をとって、すでに北山城主をやめるつもりでいる。その決意が、決して揺るがぬものであるのは疑いようがなかった。

——一郎太さまを亡き者にするよう命じたのも監物だ。

そのことに五十八は確信を抱いている。

——あの男、許せぬ。

腹のうちから怒りがたぎってきた。拳で思い切り文机を叩《たた》きそうになった。すぐさま合谷《ごうこく》のつぼを押さえ、五十八は気持ちをなだめた。手の親指のつけ根にある合谷には、怒りを抑える働きがある。

もし監物が寒天の金の動きに絡んで不正をはたらいているなら、その筋から捕縛に至る糸口をつかめるのではないか。そんなふうに考え、五十八は寒天の帳簿を調べはじめたのである。

寒天事業は二十年ばかり前に一郎太の父の内匠頭斉継《たくみのかみなりつぐ》が立ち上げたものだが、今やその収益なしでは、百目鬼家は立ちいかなくなっている。

百目鬼家の表高は三万石に過ぎないが、北山に入府して百五十年ものあいだに開拓を熱心に行い、そのおかげで実高は四万石ほどまでになった。それに寒天の収入を入れれば、優に十万石の大名に匹敵するだけの実収があるのだ。

ふむ、と声を漏らし、五十八は首を軽くひねった。

——監物が一切不正をはたらいておらぬゆえ、寒天の金は、すべて主家の台所を潤しておるとでもいうのか。

帳簿を見る限りでは、そうとしか思えない。だが、五十八はすっきりしない。

——寒天と監物には、関係があるに決まっておる。

証拠もないのに断定すべきではないのはよくわかっているが、百目鬼家の国家老に過ぎなかった監物が江戸に屋敷を持つなど、三軒の商家から相当の金を受け取っているからではないか。それ以外、五十八には考えられない。

しかも監物は家中に金をばらまいているとの噂《うわさ》もある。決して人望があるとはいえないのに、監物が家中に勢力を広げられたのは、その金のおかげではないのか。

もう一度、五十八は見たばかりの帳簿を開いてみた。妙なところがないか、さらにときをかけて綿密に調べる。

しかし結局は、なにも見つからなかった。ふーむ、と五十八はうなった。目を閉じ、再び太陽のつぼをぐりぐりと揉む。今度は痛いくらいに揉んだ。

——この二十冊の帳簿は、まちがいなくまともなものだ。ただし、表向きの収支に過ぎぬ。きっと、本当の金の動きを記した裏帳簿があるにちがいない。

裏帳簿は、三軒の商家がそれぞれ密《ひそ》かに持っているのであろう。監物も所持しているのではないか。

——三軒の商家に力ずくで立ち入り、徹底して調べたい。

五十八はそんな思いに駆られた。

——さすれば、裏帳簿は必ず見つかるであろう。

そのような真似《まね》はならぬぞ、とすぐに思い直して、五十八はまた合谷のつぼを押した。

十拍ばかりのあいだ合谷を押さえていると、高ぶりがおさまってきた。

法にのっとって三軒の商家に立ち入るのならともかく、証拠はなにもないのだ。国家老自ら、乱暴で身勝手な真似をするわけにはいかない。そんなことをすれば、一郎太の命を狙った監物とさして変わらないではないか。

——この二十冊の帳簿を見る限り、不正はないとするしかない……。

冷静さを取り戻して五十八は判断した。気づくと、部屋の襖《ふすま》や壁、天井が少し見えにくくなっていた。いつの間にか、詰所は薄闇に侵されはじめていた。

——もう夕方か……。ときがたつのは、実に早いものよ。

最近では、日暮れがあっという間にやってくる。

——一年のたつのが恐ろしく早いのも、当たり前だ……。

「御家老」

襖越しに神酒家の用人佐久間希兵衛《さくまきへえ》が呼びかけてきた。

「暗くなってまいりました。明かりを入れましょう」

「いや、よい」

希兵衛を制して立ち上がった五十八は文机をよけて畳を進み、襖を開けた。次の間に希兵衛が座し、五十八を見上げている。

「ちと出かけてくる」

五十八がどこへ行く気なのか、希兵衛はいわずとも察したようだ。

「お供、仕《つかまつ》ります」

うむ、と五十八はうなずいた。家老詰所をあとにし、足先が痛くなるほど冷たい廊下を歩いて、玄関近くに控える刀番から愛刀を受け取った。それを腰に帯び、本丸御殿を出る。

城内には雪がずいぶんと積もっている。その雪から冷気が吐き出されていた。冬の日はだいぶ傾いていたが、外のほうが詰所の中より明るく、しかも風がないのが幸いしているのか、わずかに暖かさすら感じた。

五十八は、ほっと息をついた。餌を探しているらしく、あたりを飛ぶ鳥の鳴き声がかしましい。

この寒さと雪に負けることなく鳥たちも必死に生きておるのだろうが、と思いつつ五十八は、その自由な生き方にうらやましさを覚えた。

——一郎太さまが市井《しせい》での暮らしを選ばれたのも、わかるな。

なんといっても、武家というのは窮屈だ。制約が多すぎる。

これまでわしも、と五十八は思った。

――町人に生まれたかったと、何度も考えた……。

町人は町人で苦労が絶えないのだろうが、侍に比べたら楽しそうに生きている者が多い。侍は、気難しい顔をしている者がほとんどだ。江戸でも北山城下でも、町人たちは笑顔で歩いている。

町人には、気鬱《きうつ》に悩む者などいないのではないか。

――あのように、毎日を楽しむのが一番であろう……。

歳《とし》を取ってくると、心からそう思う。すべてをほっぽり出し、逃げ出したくなるときが五十八にもたまにある。

まだ二十九という若さにもかかわらず、侍をやめるつもりでいる一郎太は、人として正しい道を歩もうとしているのであるまいか。

――北山ですべてにけりをつけ、なんの憂いもなく江戸での暮らしを楽しむおつもりであろうな。わしももっと若ければ、一郎太さまと同じ真似をしたかもしれぬ。いや、わしには無理か……。

ときに逃げ出したくなるようなことがあるとはいっても、目の前の仕事を投げ出す気などまったくない。

――今は国家老として精一杯働き、その上で、監物を家中から除きたいものよ。

今の五十八にあるのは、ひたすら監物に対する闘志である。

――監物をなんとかするまでは、わしは決して逃げぬ。

ふと、心の中で暗い炎が立ち上がった。

――家中から除くのでなく、監物の息の根を止めるべきであろう。

監物のように悪事を悪びれずに行える者は、この世から除いてしまうのが最もよい手立てだろう。

そうすべきだ、と五十八は断じた。

――どうやれば、それをうつつのものにできるだろうか……。

雪がかたく踏み締められた跡を進みつつ思案してみたものの、今はうまい案が浮かんでこなかった。

――わし自ら、殺すわけにはいかぬ。それでは、監物と同じになってしまう。いや、他者にやらせても同じだ……。

この手の汚れ仕事は、ほかの者に任せるわけにはいかないのではないか。

――わしがやるしかない。だが、わしに人を斬れるのか。

眉根を寄せて、五十八は自問した。

――無理だ。できぬ。

腕に覚えがないわけではないが、もともと人を斬るだけの度胸がない。それはよくわかっている。白刃を手にしても、目の前の敵に斬りかかることは、まずできないだろう。

——それに、家老自ら法を破るような真似はしてはならぬ。

それなら、まだしも三軒の商家に押し入るように立ち入り、裏帳簿を没収したほうがよい。

——自らの悪行の報いで監物が自滅してくれたら、すべてが解決するのだが……。

自業自得という形でけりがついたら一番ありがたいが、そんなにうまく事が運ぶとはさすがに考えにくい。

——悪人というのは、実にしぶといからな。なかなかくたばらぬ。

そういえば自裁《じさい》した城代家老の伊吹勘助《いぶきかんすけ》どのが、死んでほしい者はなかなか死なず、死んでほしくない人はさっさと逝ってしまうというようなことを口にしていたが、本当にその通りだとつくづく思う。

——世の中は一筋縄ではいかぬ。

希兵衛をしたがえて、五十八は鉄詰門《てつづめ》をくぐり、西の丸に入った。本丸と西の丸を隔てているこの門には、太い筋鉄《すじがね》が、ぎっちりと張り巡らされていた。

西の丸が正面に見えた。雪がかかれた石畳を踏んで玄関に入り、雪駄《せった》を脱ぐ。

式台《しきだい》にそっと上がると、またしても足裏が強烈な冷たさに包まれた。

むう、と声が出そうになる。床板が、信じられないほど冷えている。

やはり江戸とはちがうな、と五十八は心の底から思った。足裏から冷たさが背筋を這《は》い上がってきて、ぶるりと震えが出た。

――この寒さこそが、質のよい寒天を産むのだ……。

「そなたは、ここで待っておれ」

式台に立った五十八は希兵衛に命じた。はっ、と希兵衛がかしこまる。

愛刀を刀番に預け、五十八は氷のような冷気が居座る廊下を歩き出した。最初の角を曲がったところで、足を止める。

雪山から流れ落ちる滝の絵が描かれた襖の前に、二人の近習《きんじゅ》が座していた。二人が五十八を認め、丁寧に辞儀する。

驚いたことに、そばに火鉢が置かれていないのにもかかわらず、この二人は廊下に身じろぎせずに座り続けていたようだ。

これは、と五十八は息をのんだ。

――いくら北山の寒さに慣れているとはいえ、辛かろう。このままでは、いずれ死んでしまうのではあるまいか。

寒がりといえば、と五十八は思い出した。

──一郎太さまは、わしが知っている中で一番だな。どうされているのだろう。

だが、今は一郎太のことを考えている場合ではなかった。

「火鉢は置いておらぬのか」

腰をかがめて五十八はたずねた。

「ございませぬ」

年長の近習が答える。

「すぐに用意させよう」

「えっ、まことでございますか」

若いほうの近習がうれしそうな顔になる。

「まことだ。この寒さの中、火鉢がないのではきつすぎよう」

もともと重二郎は、家臣たちにも気遣いのできる男だ。そのあたりはいかにも一郎太の弟らしいのだが、今はせがれの重太郎のことで頭が一杯で、近習まで気が回らないのだろう。

「待っておれ。すぐに重二郎さまに頼んでやるゆえ。ところで、重二郎さまはいらっしゃるか」

目の前の襖に向かって、五十八は顎《あご》をしゃくった。

「はっ、いらっしゃいます」

「お目にかかれるか」

「では、うかがってまいりましょう」

年長の近習が腰を浮かせたとき、襖の向こうから人の足音が聞こえた。

「神酒か」

襖越しに声を発したのは、重二郎本人である。はっ、と五十八は応《いら》えを返した。

「入るがよい」

五十八が引手に手を当てようとしたとき、するすると襖が横に動き、重二郎が顔をのぞかせた。

「かたじけなく存じます」

重二郎に礼を述べて、五十八は敷居を越えた。中には五つほどの火鉢が焚《た》かれており、まるで春が来たかのような暖かさに包まれていた。

それだけでなく、甘ったるい薬湯のにおいが一杯に満ちており、それが目にしみるような気がした。五十八は、何度か瞬《まばた》きを繰り返した。

廊下に座っている近習を済まなそうな顔で見て、重二郎がつぶやく。

「おぬしらに、火鉢をやらなければならなかったな。失念していた……済まぬ」

わしの声が聞こえていらしたか、と五十八は胸が詰まるものを覚えた。

「小十郎《こじゅうろう》、この火鉢を持っていくがよい」

手近の火鉢を指さして重二郎が声をかけると、はっ、と若いほうの近習が立ち上がった。

「重二郎さま、まことに持っていってよろしゅうございますか」

小十郎が確かめる。

「構わぬ。この部屋はもう暑いくらいだ。あまりに暑すぎるのも、重太郎《しげたろう》によくないのではあるまいか……」

「承知いたしました。では、持っていかせていただきます」

深く腰を折り、小十郎が火鉢をありがたそうに持ち上げた。それを運んで廊下に置き、一礼してから襖を閉じた。

――これで、少しは寒さしのぎになるであろう……。

ほっと息をつき、五十八は上の間を見やった。そこには、ちんまりとした布団が敷かれていた。顔はろくに見えないが、重二郎のせがれの重太郎が横になっているのだ。

枕元に、庄伯と験福《けんぷく》という二人の御典医が詰めており、深刻そうな顔でなにやら話し合っていた。

「神酒、今日もよく来てくれたな」

五十八に穏やかな目を当てて、重二郎が座った。失礼いたします、と頭を下げて五十八は端座《たんざ》した。

「やはり、重太郎さまのお加減が気にかかってなりませぬので……。それで、いかがでございますか」

「昨日と変わらぬ」

沈鬱そうな顔で重二郎が答えた。

「さようでございますか……」

重二郎は、明らかに憔悴《しょうすい》していた。五十八は昨日も会っているが、顔色はさらに悪くなっているように見えた。

――重太郎さまのお加減を、うかがうまでもなかったな……。

奥歯を嚙み締め、五十八は暗澹《あんたん》とせざるを得なかった。重太郎の病状は、まったく好転していないのであろう。

重二郎の正室で重太郎の母親である将恵《まさえ》が、験福の隣に座していた。少し身を乗り出して、重太郎を見つめている。今にも泣き出しそうな顔をしていた。

――監物の娘だといっても、将恵さまにはなんの罪もない。

心根の優しい女性だと聞いている。夫婦仲もよいという話で、重二郎は将恵をとても大事にしているらしい。そのあたりは、静一筋の一郎太によく似ている。

――監物も、将恵さまには、愛情をたっぷりと注いで育てたのであろう……。

悪人でも、我が子を珠《たま》のように慈しむ者は数え切れないほどいる。

──いくら心の卑しい監物といえども、重太郎さまのことは心配でならぬはずだ。なんといっても、かわいい孫なのだ。

──もう江戸を発《た》ち、こちらに向かっているかもしれぬ……。

監物が北山にやってくるときまでに、なんとか悪事の証拠を握りたい。そうすれば、監物を捕縛できる。

──将恵さまには申し訳ないが、そこまでできれば、監物を切腹に追い込めよう。ただし、一郎太の跡を継ぐ重二郎が、正室の父の扱いをどうするかが問題である。

──重二郎さまは、監物の命だけは助けるようにと、おっしゃるかもしれぬ。もし監物の命を奪えなかったとしても、と五十八は思った。

──悪事が明るみに出てしまえば、監物は、もはや家中の枢要な地位に留《とど》まることはできぬ。

そこまで持ち込めれば、監物は終わりだ。だが、と五十八はすぐに心中で眉をひそめた。いずれまた陰の者として返り咲き、力を行使しはじめるのではないか。

──やはり、生かしておいてはならぬ。あの世に送らねばならぬ。そのほうが、後腐れがない。

刺客を送って闇討ちにするか。いや、駄目だ。

堂々巡りだな、と五十八は思った。

——きっと、監物を葬るのにもっとよい手があるはずだ。とにかく、悪事の証拠を握らねばなにもできぬ。話はそれからだ。

今は監物のことよりも、と五十八は思案した。なんとしても、重太郎に持ち直してもらいたかった。

なにしろ、重二郎の跡継ぎである。一郎太は重二郎に家督を譲ると明言しているが、その跡を襲うのが重太郎なのだ。

——その大事な跡取りを、ここで失うわけにはいかぬ。

庄伯と験福という二人の名医が、かかりきりになっている。

——重太郎さまが治らぬはずがない。

そう思うものの、重太郎はまだ幼い。五歳でしかない。七つまでは、子供は神さまからの預かり物といわれている。

——なんとかならぬものか……。

五十八は歯嚙みした。だが、こればかりは、どんなに祈ろうが、なんともならない。天の意志によって、人の生死は決まるのである。神は人の気持ちなど斟酌《しんしゃく》しない。

「重二郎さま。重太郎さまのお顔を見せてもらっても、よろしいですか」

頭を低くして五十八は申し出た。

「うむ、是非とも会ってやってくれ」

深くうなずいた重二郎にいわれて、五十八はそっと立ち上がった。音を立てないように畳を歩き、上の間の前で立ち止まる。

「上がってくれ」

重二郎にいざなわれ、五十八は一礼して上の間に足をのせた。

五十八を見上げて、二人の御典医が頭を下げてくる。五十八も会釈を返し、庄伯の隣に端座した。

将恵にも小さな声で挨拶する。監物を破滅に追い込むつもりでいるせいか、五十八は将恵を直視できなかった。

──わしは悪人にはなれぬな。

ご苦労さまです、とささやくような声を発し、将恵が疲れきった笑みを向けてきた。

──かわいそうに……。

将恵から目を外し、首を伸ばして五十八は重太郎を控えめに見た。枕に頭をあずけた重太郎は、軽くいびきをかいて眠っていた。少し青い顔をしている。

──五つの子がいびきとは……。

昨日、重太郎はかいていなかった。それだけ病状が進んだという証《あかし》なのだろうか。

重太郎は顔にじっとりと汗をかいている。それを験福が手ぬぐいでしきりに拭くのだが、拭くそばから汗はぽつりぽつりと浮いてくる。

――眠っているのに、こんなに汗をかいておられるとは……。熱があるようだな。それにしてはお顔が青い。

熱があるのに冷たい手ぬぐいを額に当てずともよいのだろうか、と五十八は思った。

――名医が二人、そうしておらぬのなら、きっと熱は下げずともよいのであろう。

素人が口出しすることではない、と五十八は判断した。

――それにしても、重太郎さまは喉が渇かぬのだろうか……。いや、渇いていらっしゃるのではないか。

重太郎の呼吸には、喉が鳴るような荒さがあった。

御典医の庄伯からは、肺の臓が悪いと聞いているが、まさにそんな様子である。

「重太郎さまは、快方に向かっているのでござろうか」

五十八は庄伯にささやきかけた。五十八を見つめて、庄伯がぎゅっと唇を噛み締める。

「正直、今のところ、まだなんともいえませぬ。我らも力を尽くしておるのですが……」

快方に向かっているといえないのが辛い様子で、庄伯がもどかしげに答えた。

「庄伯先生と駿福先生がついていらっしゃるのです。重太郎さまは、必ず治るにちがいありませぬ」

昨日も同じことを口にしたな、と五十八は苦々しく思い出した。

――重二郎さまと将恵さまを、元気づけられる言葉があればよいのだが。

しかし、うまい言葉は浮かんでこない。五十八は、おのれの無力さを嚙み締めた。

「手前は、なんとしても重太郎さまを助けたい。今はその一心でございます……」

歯を食いしばって、庄伯が五十八に告げた。必死の表情をしている。

――この言葉に嘘《うそ》はない。

庄伯と験福は重太郎の手当に、まさに全身全霊を傾けているのだろう。

「お二人なら、きっとうつつのことにできましょう」

五十八は庄伯と験福に向かって、深くこうべを垂れた。

「どうか、どうか、重太郎さまをお願いいたします」

「ええ、よくわかっております」

五十八を見つめて、厳しい顔つきの庄伯が首を縦に動かした。面を上げ、五十八は重二郎と将恵に眼差《まなざ》しを注いだ。

「重二郎さま、将恵さま。なんでもおっしゃってください。それがしは、できる限りのことをしたいと思うております」

「神酒。わしは、そなたを心から頼りにしておる。なにかほしい物があれば、無心することにいたそう」

「重二郎さま、どうか、ご遠慮なくおっしゃってください」

五十八は再び重太郎に目を移した。

――早くよくなってくだされ。重太郎さまとそれがしは、まだろくに話をしたことがございませぬ。よくなっていただき、たくさん話をいたしましょう。

顔を上げて、五十八は重二郎を見た。

「では、これで失礼いたします」

重二郎と将恵に暇《いとま》を告げた。

「神酒、忙しいところをまことに済まなかった。また顔を見せてくれ」

五十八が来ることで、重二郎も少しは気分が変えられるのかもしれない。重太郎のそばにずっと詰めているのでは、いくら父親とはいえ、気が滅入《めい》ってしまうのだろう。人が来れば話もできる。それだけで、かなりちがうのではあるまいか。

「承知いたしました。また明日もまいります」

低頭して五十八は立ち上がろうとした。そのとき、不意に重太郎のいびきが聞こえなくなった。

えっ、と驚き、重太郎を見やった。重太郎が息をしていないように感じた。

なんと。心の臓がどきりと打ち、五十八はあわてて座り直した。

――まさか、儚《はかな》くなられてしまったのではあるまいな……。

身を乗り出し、五十八は重太郎の顔を凝視した。重二郎も将恵も、息をのんで重太郎を見つめている。

すかさず庄伯が重太郎のまぶたを開き、瞳をのぞき込む。験福が重太郎の脈をとった。

「おっ、少し息が落ち着いてきたようですぞ」

庄伯が喜びの声を上げた。

「なに、まことか」

勢い込んで重二郎がきく。あまりに声が大きかったのに気づいたらしく、あわてて重太郎に目をやった。重太郎は、ぐっすりと眠ったままだ。

「まことでございます」

凛《りん》とした声で答え、庄伯が顎を引く。

「わずかながらでございますが、脈も静まってきたように思えます」

小さく笑《え》んで験福が息をついた。

「そうか。それは、よい兆しといえるのだろうな」

期待の色を目に宿して重二郎が問うた。

「もちろんでございます」

面に自信をみなぎらせて験福が請け合う。

「これで熱が下がってくると存じます。我らはこれを待っておりました。無理に熱を下げず、投薬を続けていれば、きっとこうなるのではないかと考えておりました」

やはりそういうことだったか、と五十八は納得した。

すぐに験福が言葉を継ぐ。

「これで重太郎さまは、快方に向かう第一歩を踏み出されました」

そのあとを庄伯がすぐに続ける。

「むろん、まだ決して油断するわけにはいきません。今は、わずかに明るい兆しが見えたに過ぎないのです。にわかに病状が改まり、一気に悪くなってしまうことも、まだあり得るのです」

験福と庄伯の顔には喜色だけでなく、いささかの不安の色があるように感じられた。予断は許さないということなのだろう。

それでも、重太郎の顔からは青みが少し消え、代わって赤みが現われはじめていた。それに希望を見たのか、重二郎の顔が少し緩んだ。

「神酒」

重二郎に呼びかけられ、はっ、と五十八は返した。

「そなたは福の神だな」

意外な言葉でしかない。

「いえ、そのようなことはないと存じますが」

「そなたが来たおかげで、重太郎は少しよくなったぞ」

「いえ、たまたまでございましょう」

神酒、と重二郎が再び呼ぶ。

「そなたは、兄上から実に頼りにされておるそうだ。それは、そなたがいると、この手のことが起きるゆえかもしれぬぞ」

「ええっ」

そんなことは、これまで一度たりとも頭をよぎった例《ため》しがない。

「神酒、前に同じようなことはなかったか」

きかれて、五十八は戸惑った。

「ないものと存じますが……」

「よく考えてみろ。きっとあると思うぞ」

「はっ、わかりましてございます。思い返してみることにいたします」

頭を下げて五十八は応じた。

「では、それがしはこれにて失礼いたします」

一礼して五十八は立ち上がった。

暖かな部屋から廊下に出ると、いきなり厳しい寒気に包まれた。廊下に火鉢が新たに置かれたとはいうものの、あまり効いているようには思えなかった。

しかし、この寒さの中、近習の二人は平気な顔で座していた。これは、やはり火鉢の効きめなのか。

いくらこの寒さに慣れているとはいえ、尋常な強さではない。

——戦国の昔、寒い国の兵は強いといわれていたらしいが、さもありなんだな。

そういえば、ここ美濃国の者も強兵として鳴らしていたではないか。

——この二人は美濃国の生まれだろう。

昔ながらの強さを、この二人も受け継いでいるにちがいない。

二人の近習に見送られて、五十八はすっかり暗くなった廊下を歩いた。

そういえば、とふと思い出した。

——まだ藍蔵が幼かった頃、生死の境をさまよったことがあったな……。

病ではなく、柿の実を取ろうとして木から落ちたのだ。頭をひどく打ち、気絶したのである。

柿の枝はもろくて危ないから決して登るなと口を酸っぱくしていっておいたのに、藍蔵はその言いつけを守らなかったのだ。

藍蔵を診た医者から、覚悟をしておいたほうがよいでしょう、と五十八は宣告されたが、決してあきらめなかった。昏々《こんこん》と眠る藍蔵に何度も心で語りかけたのだ。

早く目を覚ませとか、また一緒に剣術の稽古をしようとか、大福をたらふく食べようとか、美味《おい》しい蕎麦屋《そばや》を見つけたぞとか。言葉として口に出したときにはなんの反応もなかったが、心で話しかけたときだけは、藍蔵の眉が動いたり、唇がぴくりとしたり、まつげが震えたりした。

もしやわしの声が聞こえておるのではないか。力を得た五十八が心で語りかけることを飽きずに続けていると、半月後に藍蔵はついに目を覚ましたのだ。

開口一番、父上、お腹《なか》が空《す》きました、といったから、五十八は涙を流しながら、かかと笑ったものだ。妻の花代は号泣した。

　もう二十年以上も前の話である。五十八はすっかり失念していた。重二郎にいわれなかったら、思い出さなかったのではないか。

——花代《はなよ》が高熱で床に臥《ふ》したときも、わしが語りかけたら、急に熱が下がったことがあったな。あのときは、医者のほうがびっくりしていたが。

もちろん、心で語りかけたから花代が治ったとは、五十八は思いもしなかった。

そういえば、と先ほど見舞ってきた重太郎の顔を思い起こした。

——先ほども、わしは重太郎さまに心で語りかけたな。

昨日は話しかけなかった。

——まことに人の病を治せるような力が、自分にあるのだろうか。病を治すというより、心に言葉が届いて気力を復活させるというべきなのだろう。

そんな力が自分にあるとはとても思えないが、これまでのすべてのことが偶然とも考えにくかった。

——まあ、今は力があるということにしておこう。そのほうが楽しいではないか。考えてみれば、一郎太は賭場の賽《さい》の目が読めるという話だ。世の中には、説明がつかぬことが多々あるのも事実である。

冷たい廊下を進んだ五十八は西の丸の玄関に戻った。刀番から愛刀を受け取り、腰に差す。雪駄を履こうとしたが、おや、と首をひねった。雪駄が三和土《たたき》に見当たらない。

殿、と近づいてきた希兵衛が、五十八の雪駄を懐から取り出し、そっと揃《そろ》えた。

「おっ、温めておいてくれたのか」

はっ、と希兵衛がかしこまる。

「まるで、信長公に対する秀吉公のようではないか。うれしいぞ」

五十八を見つめて希兵衛がにこりとする。

「なにしろ、殿は寒がりでいらっしゃいますから……」

「なにをいう。わしは寒がりなどではないぞ。北山の冬が厳しすぎるだけだ」

「そういうことにしておきましょう」

「希兵衛、帰るぞ」

承知いたしました、と希兵衛が玄関先で提灯《ちょうちん》をつける。外はすでに真っ暗で、音を立てて吹き渡る風がひどく冷たかった。

——今宵《こよい》も冷え切っておるな……。

日が沈むと、北山の地はとんでもなく寒くなるのだ。この強い風に雪雲はすべて吹き飛ばされたようで、頭上には満天の星が輝いていた。その星明かりのおかげで、提灯はいらないくらいである。

——しかし、寒風吹きすさぶこの中を帰るのか。ぞっとせぬな……。

ふと気づいて、五十八は一人苦笑した。

——そんなことを思うとは、やはりわしは寒がりなのだな……。一郎太さまに劣らぬかもしれぬ。

腹に力を込めて西の丸を出た五十八は、希兵衛の先導で足早に歩きはじめた。一刻も早く、花代の待つ屋敷に帰り着きたかった。

妙に江戸が懐かしく感じられる。真冬といえども、ここまで寒くならないからだろう。

二

ふう、と前を歩く藍蔵が白い息を吐き出した。森に静かに吹き込んでくる風に、息が横に流れていく。

「なんだ、藍蔵。もう疲れたのか」

すかさず一郎太は声をかけた。自分が吐いた息もずいぶん白かった。雪がたっぷりと積もっている山中の寒さは、身を縛ってくるかのように、ことのほか厳しい。

すぐさま藍蔵が振り返り、一郎太を見る。不本意そうな顔をしていた。

「それがしに限って、そのようなことがあるはずがございませぬ。母衣屋《ほろや》を夜明け前の七つに出て、まだ二刻《ふたとき》ばかりしかたっておらぬではありませぬか。その程度で疲れるなど、あり得ませぬ」

夜はすでに明け、あたりはだいぶ明るくなっていた。空に雲はなく、すっきりと晴れている。樹間や頭上を飛びかう鳥たちも元気がよく、鳴き声が騒がしいくらいだ。やはり江戸の市中とは鳥の種類がちがうらしく、あまり聞いたことのない声が耳に届く。

――しかし、この雪の中で餌を探すのは、さぞ大変であろうな……。

「だが、ここまで上り道が長く続いてきたからな。その上、慣れぬ雪道だ。さしもの藍蔵も、疲れを覚えたのではないかと思ったのだが、ちがうか」

「この程度の上り道では、それがしはへたばりませぬ。しかも大した雪ではありませぬし」

――まあ、その通りであろうな。体力は馬並みだ。

心中で一郎太がうなずくと、藍蔵が顔を上げ、行く手を望見する。

「月野さま、あれが小仏峠ですな」

前方に、衝立《ついたて》のように立ちはだかる山が見えている。昨夜降った雪をかぶっており、どこか山水画のような光景である。

一郎太たちはとうに甲州街道の駒木野《こまぎの》宿を過ぎ、小仏の関とも呼ばれる駒木野関所も通り抜けていた。

いま一郎太と藍蔵は桜香院一行の警固をしつつ歩いているが、駒木野関所の役人は桜香院に対しても、大した詮議を行わなかった。

昔から出女《でおんな》には特に厳しい調べが行われると聞いているが、今はそれほどでもないようだ。平和な世が長く続いたことで多くの者が旅に出るようになり、武家の女ですら通行手形を持っていれば、なんということもないのだ。今は関所での改めも、だいぶ緩んできたようである。

なんといっても、と一郎太は思った。

——俺たちは天下泰平の真っただ中を、生きているのだ。いったい誰がこの穏やかな暮らしを壊すというのだ。公儀《こうぎ》に謀反を企てるなど、あり得ぬ。平和よりありがたいものなど、この世にはない。

ここまで旅程は、すこぶる順調といってよい。羽摺りの者は、こちらを見張っているのだろうが、なにも仕掛けてこない。

——もし来るとしたら、やはり小仏峠であろう……。

「小仏峠といえば、もっと難所かと思っておりましたが、こうして眺めてみると、さほどの険しさはありませぬな」

のんびりとした口調で、藍蔵がささやいてきた。桜香院たちに会話が聞こえないように、と、藍蔵なりに気を配っているらしい。

「藍蔵は、小仏峠越えは初めてか」

「初めてではありませぬ。月野さまのお国入りの際もお供につきましたし……」

「ならば、小仏峠がどのくらいの険しさか、存じているのではないか」

「それが、小仏峠のことは、すっかり失念しておりまして……」

そうか、と一郎太はうなずいた。

「正直、俺も小仏峠の高さは知らぬが、見たところ、二百丈はなかろう。百五十丈を超えるくらいではないか」

「さようでございますな。やはり大した高さがあるわけではございませぬ」

「だが見ての通り、道は険しく、しかも狭い。陸尺《ろくしゃく》たちは、さぞかし難儀しているのではないか」

一郎太は、藍蔵の前を進む桜香院の乗物を見やった。

「まことにおっしゃる通りですな。たった四人で乗物を担いで、雪の坂道を上っているのですから。まったく頭が下がります」

厳しい寒さの中、四人の陸尺は法被《はっぴ》を一枚着ているのみで、尻丸出しの褌《ふんどし》姿である。見ているほうが寒くなりそうだ。

陸尺たちの太ももやふくらはぎは実にがっしりとしており、首から肩にかけても筋肉が隆《りゅう》と盛り上がって、たくましい。

——あのくらいでないと、乗物を担いで雪の積もった坂道を、上ることなどできぬのであろう……。

俺にはまず無理だな、と一郎太は思った。考えてみれば、初めて国入りしたとき、自分も乗物に乗って街道を行った。

——あのときも四人の陸尺で担いでいたが、母上よりもずっと重い俺を北山まで運んでくれたのだ。なんとありがたいことか……。

あの頃は、陸尺の苦労など考えもしなかった。仕事なのだから当然だろうくらいに思っていたはずだ。

――俺も市井の暮らしに揉まれ、人を思いやれるようになってきたか……。

自分も少しは成長したと思いたい。

「あの陸尺たちと相撲を取ったら、それがしは負けるでしょうか」

そんなことを藍蔵がきいてきた。ずいぶん余裕があるのだな、と一郎太は呆《あき》れるよりも感心した。

「さて、どうかな。力だけを比べれば、互角ではないかと思うが、技のうまさでは藍蔵のほうが上だろう。それゆえ、そなたに軍配が上がるのではあるまいか」

「おお、さようでございますか。月野さまの言葉はよく当たりますから、うれしゅうございますよ」

藍蔵が満面に笑みを浮かべる。相変わらず気のよい男だ、と一郎太は藍蔵を微笑《ほほえ》ましく思った。

小仏峠まであと五町と記された道標《みちしるべ》があり、そのそばで泉がこんこんと湧いていた。さすがにこの泉に毒は入れられておらぬだろう、と一郎太たちは喉の渇きを癒やし、竹筒を水で一杯にした。

四人の陸尺は駒木野宿で購《あがな》った握り飯を食べ、軽く腹ごしらえをした。中間《ちゅうげん》たちがそれをうらやましそうに見ていた。

一休みし、英気を養ってから一郎太たちは再び歩き出した。露払いのように一郎太は一行の先頭に立ち、藍蔵が乗物の横についた。

やがて小仏峠の頂上に至った。さすがに大気はひどく冷えているが、一郎太は汗をたっぷりとかいていた。乗物の横についている藍蔵も、同じである。

あたりには、団子に甘い醬油《しょうゆ》をつけて焼いているらしい香ばしいにおいが漂っていた。峠の頂上はやや広い平地になっており、かなりの積雪があった。街道は雪よけがされていた。

こぢんまりとした茶屋が道脇にぽつんと建っていた。団子のにおいはその茶屋から漂ってきていた。さすがに一郎太もそそられた。

——しかし、ここで食べるわけにはいかぬ。

その茶屋は老夫婦が二人で営んでいるのを、一郎太は覚えていた。今も数人の旅人らしい男を相手に、腰の曲がった女房が茶と団子を供していた。

「一郎太さま、ここで厠《かわや》の休憩を取りたいと存じます」

供頭《ともがしら》の花井伸八郎が、後ろから声をかけてきた。

「承知した」

花井を振り返って一郎太はうなずき、茶屋の近くで歩みを止めた。小用をしたい者は、この茶屋の厠を借りることになるのだろう。もっとも、男はほとんど立ち小便をするにちがいなかった。

桜香院の乗物が、街道を行く旅人の邪魔にならないように、道の脇に置かれた。三間ほど離れた茶屋の長床机《ながしょうぎ》に腰かけた五人の客はこちらには目もくれず、楽しそうに笑い合っている。いずれも、旅に出た町人そのものという形《なり》をしていた。

その五人を見て、一郎太はむっと眉をひそめた。乗物のそばへと素早く動く。

乗物を挟んだ向こう側に藍蔵が立っている。相撲の話をしていたときとは異なり、精悍《せいかん》な顔をしていた。付近に用心の目を配っている。

腰元《こしもと》の一人が乗物の中の桜香院に断って一行から離れ、厠を借りに茶屋に向かった。茶屋の女房は、快く了承してくれたようだ。

——母上は御虎子《おまる》で済ませるのであろう。御虎子は嫌であろうが、致し方あるまい。

一郎太は母衣屋を出る前、どんなことがあろうと決して乗物の外に出ぬよう、桜香院に強くいってあった。

その言いつけを守っているらしく、乗物の引戸はかたく閉まったままで、桜香院は顔すら見せない。

——それでよいのですよ。

一郎太は、心で桜香院に話しかけた。気を引き締めて、五人の旅人に眼差しを注ぐ。

た。

——やはりあの五人は妙だな。ほかに怪しい者はおらぬか。

心気を静めて気配を嗅いだが、なにも感じない。ほかにはおらぬ、と一郎太は断じた。

いま五人の男たちは、団子をほおばっている。相好《そうごう》を崩しつつ、しきりに、うまい、うまいといい合っていた。

茶屋の老夫婦は、前にここで見た者と同じである。

——夫婦はこの茶屋に住んでいるのか。それとも、麓《ふもと》に住処《すみか》があり、そこから毎日、街道を上ってくるのだろうか……。

五人の男にさりげなく目を当てながら、一郎太は考えた。もし毎日、通っているのならさぞ大変であろうと、その苦労を偲《しの》んだ。

「月野さま、温かな茶にありつけそうですな。しかも、団子までありますぞ」

五人の男が団子を食しているのを見やって、藍蔵が話しかけてきた。先ほどの精悍さは消え、顔がひどく緩んでいる。

俺たちも空腹が募ってきているだけに、と一郎太は思った。

——いま団子を食べたら、さぞかしうまかろう……。

「藍蔵、茶も団子もならぬぞ」

「えっ、せっかく茶屋があるというのに……」

不満そうに口をとがらせかけたが、なにゆえ一郎太がやめるようにいったか、藍蔵はすぐさま解したらしい。あたりに怪しい者がいないのを確かめてから、乗物を回り込んで一郎太のそばに寄ってきた。顔を近づけ、ささやきかけてくる。

「茶屋で茶を飲んだりすれば、羽摺りの者に毒を入れられかねませぬな。用心に越したことはありませぬ」

「その通りだ。しかし藍蔵。それだけではないぞ」

声をひそめて一郎太は返した。

「えっ、どういうことでございましょう」

意外そうな顔で藍蔵が一郎太を見る。

「あそこの五人だ」

一郎太は、それとわかる程度に顎をしゃくった。五人とも、今は笑顔で茶を喫している。

「あの五人が怪しいのでございますか。羽摺りの者でございますか」

藍蔵は五人をあまり見ないようにしていた。

「まちがいなかろう」

一郎太は小声で告げた。

「万太夫はおりますか」

「おらぬ。あの男だけが持つ強い気は、伝わってこぬ」

「なにゆえ月野さまは、あの五人が羽摺りの者だとわかったのでございますか」

「あの五人は旅人の形をしておるが、俺たちの前を歩いてはいなかった。俺は姿を一度も見ておらぬ。それがこの茶屋にいるということは、ここで待ち構えていたとしか思えぬ」

「峠の向こう側から来たのかもしれませぬ」

「向こう側から峠道を上ってきたとするなら、五人とも汗をまったくかいておらぬのは妙だ。誰もがすっきりとした顔をしておる」

「この茶屋に長居しているのではありませぬか。この寒さですから、汗はすぐに引いたのでは……」

「団子は、それぞれ一皿ずつしかない。茶も一杯だけしか飲んでおらぬように思える。あの五人は、長居をしておらぬ」

　では、と藍蔵が顔をしかめた。ようやく一郎太の言葉に納得したような顔になっている。

「汗をかいておらぬのは、それだけ鍛え上げているからでございましょうか」

「そういうことであろう。それに、母上の乗物が目の前に止まったというのに、五人とも一瞥《いちべつ》すらくれなかったぞ」

「それが、なにかおかしいのでございますか」

「たいていの者は、大名家などの乗物がそばに止まったりしたら、いったいどんな人が乗っているのだろうと、まじまじと見るものだ。あの五人がそのような真似をせぬのは、この乗物がここに来るのがわかっていたからだ。乗物に誰が乗っているかも、知っておろう」

「高貴なお方の乗物を、見慣れているのかもしれませぬぞ」

「甲州街道は参勤交代に使う大名家が少ないゆえ、高貴な者が使う乗物など、目にする機会はそうそうあるまい」

「それでも、まことに見慣れているだけかもしれませぬ」

藍蔵、と一郎太は小さく呼びかけた。

「いちいち俺に逆らってみせるが、もしあの五人がまことに羽摺りの者だったら、どうする。俺に五両、払うか」

「もしちがっていたら、月野さまは五両をそれがしに払ってくださるのでございますか」

「払おう」

「その賭け、受けて立ちましょう」

「ほう、賽の目が心に浮かぶ俺に挑むというのか。藍蔵、よい度胸をしておるな」

ぎくりとし、藍蔵が詰まったような顔つきになった。

「月野さま、賭けをやめてもよろしゅうございますか」

「うむ、構わぬぞ」

「ならば、賭けはなしということでお願いいたします」

「わかった。では藍蔵は、五人が羽摺りの者であると認めるのだな」

「認めます。あの五人はここで襲ってきますかな」

五人の男は、今も茶を飲みながら笑い合っている。一郎太には、不自然な笑みにしか見えなかった。

「襲ってはこぬだろう。我らが動き出したら、背後から襲う気ではないか」

「なるほど」

「挟み撃ちにするつもりかもしれぬ」

「ならば、峠の向こう側に、別の者どもが待ち構えているかもしれぬのですな」

「そういうことだ。藍蔵は母上の前を守れ。俺は後ろを守る」

「承知いたしました。しかし挟み撃ちにされて、大丈夫ですかな。万太夫が現われたら、まずくはありませぬか」

「万太夫が姿を見せたら、それはむしろ幸いだ。俺が必ず討ち取るゆえ、藍蔵は他の者を始末せよ」

「撫《な》で斬りにするのでございますな」

「そうしてくれ」

「承知いたしました」

ぎらりと目を光らせて藍蔵がうなずいた。そのときになって腰元の最後の一人が用を足し、戻ってきた。茶屋の女房によくよく礼を述べている。

陸尺たちや中間、警固の供侍は思い思いに場所を見つけ、立ち小便をしていた。

「桜香院さま」

乗物のそばにひざまずいて、花井が中に声をかける。

「出発いたします」

「よろしく頼みます」

桜香院の声だけが引戸越しに返ってきた。

「出立《しゅったつ》っ」

花井が号令をかけると、陸尺の手で乗物が宙に浮いた。ゆっくりと進み出す。

五人の男はこちらをちらりと見ただけで、今も笑いながら話をしていた。

だからといって、五人が羽摺りの者でないとは、一郎太は一瞬たりとも考えなかった。

――まちがいない。こやつらは羽摺りだ。

いつでも刀を引き抜けるように心で身構えて、一郎太は乗物の直後を歩いた。藍蔵のがっちりとした背中が妙にたくましく見えた。

――いかにも、頼りになりそうな風情ではないか……。

実際、藍蔵は腕が立つ。羽摺り四天王のうち、青龍を見事に屠《ほふ》ってみせたくらいだ。

小仏峠の頂上から二町ほど下ると、道幅が広がり、平坦《へいたん》になっているところがあった。そこに来たとき、一郎太たちの前に、人相がひどく悪い男たちが立ちはだかった。ずいぶん荒《すさ》んだ感じの連中で、一郎太が数えてみると、ちょうど十人いた。野盗とおぼしき身なりをしている。

羽摺りの者だ、と一郎太は確信した。

――やはり現われおったか。こやつらは、野盗を装っているに過ぎぬ。野盗が母上たちを襲ったという形《かたち》を取りたいだけだ。

愛刀の摂津守順房の柄《つか》に手を置き、桜香院の乗物のそばに立って、一郎太はいつでも戦える姿勢を取った。

むろん、背後にも注意を怠らない。茶屋にいた五人がいつ姿を見せるか、知れたものではなかった。

白刃を手にした藍蔵が進み出て、男たちと対峙《たいじ》する。殺気が全身からほとばしる。腰を落としつつ花井が男たちの前に出た。それがいきなり大声を発したから、一郎太は驚いた。

「きさまら、こちらのお方をどなたと心得る。北山三万石、前《さき》のご城主の奥方、桜香院さままでいらっしゃるぞ。わかったら、さっさとこの場から去《い》ぬのだ。きさまらには、畏《おそ》れ多いお方である」

今に至っても男たちを本物の野盗とみているらしく、花井は説得を試みたのだ。一郎太は唖然《あぜん》とした。

――あれだけ羽摺りの襲撃があるからと、口を酸っぱくしていったのに……。

「花井。その者どもは、野盗などではないぞ。羽摺りだ」

一郎太が叫ぶと、えっ、と花井が仰天した。あわてて抜刀する。それを合図にしたかのように、刀を抜いて七人の男が殺到する。矢や吹き矢も飛んできた。七人の背後から三人が放っているのだ。

「身をひそめよ」

一郎太の声に応じて、中間や陸尺、腰元が乗物を囲むようにしてかがみ込んだり、荷物を胸に抱えるようにしたりした。供侍たちも体勢を低くした。

皆がてきぱきと動き、矢や吹き矢をかわすことができたのは、母衣屋を出る前に一郎太が、よくよくいい含めておいたからである。

――よし、見事だ。

飛び道具にやられた者は一人もいなかった。それを確かめた一郎太はすぐさま乗物の前に出て、さらに飛んできた矢や吹き矢を摂津守順房で弾《はじ》き飛ばした。桜香院の乗物には、矢や吹き矢は一本も刺さらなかった。

藍蔵も自分の身を狙ってきた矢や吹き矢を、刀で打ち返している。舞いを見ているかのようなしなやかな動きだ。

――藍蔵め、羽摺りの者たちと戦ううちにさらに腕を上げおったな。

その強さに一郎太は頼もしさを覚えた。

すぐさま藍蔵が男たちの中に突っ込み、刀を一閃《いっせん》させた。一筋の血しぶきが宙に弧を描き、雪の上に音を立てて降りかかる。

藍蔵が刀を振るうたびに血煙が立ち、男たちがもんどり打って倒れていく。

身の毛がよだたんばかりの技の切れに一郎太は目をみはったが、背後に人の気配を感じ、さっと振り返った。

桜香院の乗物に、五人の男が近寄ろうとしていた。茶屋にいた男たちである。

やはり現われおったか、と一郎太は素早く五人の前に立ちはだかった。

道中差の抜身を手にした五人が、無言で一郎太に躍りかかってきた。

一郎太は摂津守順房を袈裟《けさ》懸《が》けに振り下ろした。なんの手応えもなく、ほっそりとした男の体に一条の赤い筋が斜めに通った。

返す刀で摂津守順房を振り上げる。がっしりとした男の脇腹が斬り裂かれ、傷口からはらわたが赤黒い舌のようにどろりと出てきた。

今度は腰を沈めて、一郎太は逆胴に摂津守順房を払った。肩幅のあまりない男の胴に、刀が斬り口をつくる。数歩進んで、男が力尽きたように雪の上に倒れ、おびただしい血を腹から流した。雪が真っ赤に染まっていく。

右に進んで一郎太は、再び袈裟懸けに摂津守順房を振り下ろした。やや肥えた男の左肩に入った刃が、右腰まですぱりと斬り裂いた。

さらに一郎太は摂津守順房を胴に振った。その斬撃は、首が太い男の腹を二つに割った。

口を開けて男がその場にくずおれる。苦しそうに息を吐いていたが、やがてそれもやんだ。一郎太の周りには、一瞬にして五つの死骸ができ上がった。

芝居だったとはいえ、先ほどまで茶屋で談笑していた男たちである。それが今は骸《むくろ》と化している。哀れな、と一郎太は思った。

——この者たちは、いったいなんのために生まれてきたのか……。

人を殺すたびに、一郎太はそう思う。

剣戟《けんげき》の鋭い音が響き、顔を上げると、藍蔵の戦いはまだ続いていた。花井も激しく刀を振っていた。一郎太は地を蹴り、二人の助太刀に加わった。

ただし、摂津守順房を一度、振っただけで戦いは終わりを告げた。それだけ藍蔵の働きはすさまじかったのだ。

血にまみれた十五の体が声もなく横たわっている。

哀れな、と一郎太はまた思った。すぐに乗物のそばに行ってひざまずき、母上と声をかけた。引戸がするすると開き、桜香院が顔をのぞかせる。

「羽摺りの者どもはすべて退治しました。ご安心ください」

桜香院は感激の面持ちである。

「一郎太どの。命を盾に戦ってくださり、まことにかたじけなく存じます」

「母上のために息子が戦うのは、当然のことです」

「いえ、それは逆です。息子のために母親は戦うべきなのです。しかし、非力の私にはそれができませぬ。なにからなにまで一郎太どのの世話になってしまい……」

一郎太を見つめて、桜香院がぼろぼろと涙を流した。

これで桜香院との仲が修復されたとは思わないが、あいだを隔てていた垣は、さらに低くなったのではあるまいか。

この分なら、と一郎太は思った。いずれ心からの和解ができるにちがいない。

とにかく母上を守れてよかった、と一郎太は心から思った。

「一郎太どの」

呼びかけて、桜香院が手拭きを出した。

「お顔に血がついていています。拭いて差し上げましょう」

えっ、と声を漏らし、一郎太は躊躇《ちゅうちょ》した。

「いえ、しかし、そんなことをしたら、その手拭きが汚れてしまいます」

「構いませぬ」

強い声を発し、桜香院が一郎太についた血を拭き取った。

「きれいになりました」

一郎太を見て桜香院がにこやかに笑んだ。

「母上、ありがとうございます」

感謝の言葉を述べて、一郎太はこうべを深く垂れた。立ち上がって、行く手に顔を向ける。この先、羽摺りの者は、手立てを変えてまた襲ってくるはずだ。

——だが、俺は母上を必ず守ってみせる。母上を無事、北山まで送り届けてみせる。

固い決意を一郎太は胸に刻みこんだ。

三

明くる朝、相変わらずの酷寒に身を震わしつつ、五十八が花代に出仕の着替えを手伝ってもらっていると、用人の希兵衛が居室の前にやってきた。

着替えを済ませた五十八は、腰高障子《こしだかしようじ》を開けた。

「どうした」

廊下に端座している希兵衛が五十八を見上げ、飛脚がまいりました、と告げた。

「飛脚だと。文を持ってきたのか。誰からの文だ」

「一郎太さまでございます。こちらが文でございます」

一通の文を、希兵衛がうやうやしく差し出してきた。五十八は文を手に取った。確かに、差出人は一郎太である。

――わしになにを知らせたくて、一郎太さまは筆を執られたのだろう……。

「希兵衛、苦労であった。下がっておれ。四半刻後に出仕する」

「承知いたしました」

一礼して希兵衛が廊下を引き上げていく。腰高障子を閉め、五十八は文机の前に座り込んだ。

「では、私も下がらせていただきます」

気を利かせたらしく、花代が静かに立ち上がる。

「花代、着替えを手伝ってもらって助かった。そなたがおらぬと、わしはまともに着替えもできぬ」

「あなたさまの着替えを手伝うのは、大好きでございます。私の生き甲斐《がい》といっても、よろしゅうございますよ」

「生き甲斐か。ちと大袈裟なような気もするが、花代、これからもよろしく頼む」

「承知しております」

笑顔で花代が部屋を出ていき、腰高障子が音もなく閉まった。

文を捧《ささ》げ持って辞儀してから、五十八は封を解いた。すぐさま文に目を落とす。

——やはりそうであったか……。

一郎太の文を読み終えた五十八は深い納得を覚えた。寒天の商売に関し、城下の三軒の商家から監物に莫大な裏金が渡っているというのだ。

——これで監物はおしまいだ。

ついにしっぽをつかんだといってよい。文には、これは興梠弥佑がつかんだ事実であるとも記されていた。

弥佑は、五十八の小姓《こしょう》をつとめていた男である。忍びの術を極めている。おそらくその術を用い、この事実を見事に突き止めたにちがいない。

——さすがは弥佑よ。

一郎太さまにあやつを預けてよかった、と五十八は心の底から思った。

——一郎太さまからのこの文は……。

五十八は両肩に力が入った。

――立派な証拠になるぞ。

一郎太は、まだ正式には隠居をしていない。百目鬼家の現当主である。その殿が家臣の罪を暴き立ててきたのだ。これ以上の証拠はないといってよいのではないか。

――よし、この文さえあれば、監物を引っ捕らえることができるぞ。

全身に力をみなぎらせて、五十八は立ち上がった。腰高障子を開け、廊下を力強く進む。

五十八の足音を聞きつけたか、廊下沿いの部屋から、五十八の愛刀を持って花代が出てきた。

「お城に行かれますか」

「うむ、出仕する」

「では、こちらを」

差し出された愛刀を腰に差し、五十八は玄関に向かった。花代が後ろにつく。

玄関近くにある用人部屋の襖が開き、希兵衛が姿を見せた。

「ご出仕なされますか」

「うむ、まいる。だが、城に行く前に町奉行所に寄るぞ」

「町奉行所に……。承知いたしました。馬で行かれますか」

「いや、歩いていこう」

屋敷を出た五十八は、希兵衛の先導で町奉行所を目指した。五十八の屋敷は北山城の大手門近くにあるが、町奉行所はそこから南西へ三町ばかり行った肴町《さかなまち》にある。

五十八は、町奉行の白田外記《しろたげき》に会いに行こうとしているのだ。外記は、五十八が評判を聞いた限りでは清廉な男らしい。一郎太も信頼を寄せていたというから、信用してよい男であろう。

町奉行所は、明け六つから表門を開けている。訴訟のためにやってくる者たちに、便宜を図っているのだ。

五十八は、表門を入った。門番の二人は五十八が誰か即座にわかったらしく、びっくりしたような顔で五十八を見送った。石畳を踏んで、五十八は殿舎の玄関に入った。

町奉行の用人をつとめる男が玄関近くに控えており、五十八に気づいた。足早に近づいてきて、式台に腰を下ろす。

「これは御家老……」

一礼し、驚きの眼差しを向けてくる。

「町奉行はおられるか。お目にかかりたいのだが」

「はっ、いらっしゃいます。では御家老、こちらにおいでください」

うむ、とうなずき、五十八は雪駄を脱いで式台に上がった。またしても足裏に強烈な冷たさが走った。

うう、とうめきが出そうになる。用人が、どうかされましたかという顔を向けてきた。五十八は平静な顔をつくった。

用人の案内で廊下を歩き、客間に落ち着いた。出された熱い茶をありがたくすすっていると、襖の向こう側から白田外記の声がした。

「御奉行、入ってくだされ」

丁寧な口調で五十八がいざなうと、襖が横に滑り、外記が顔をのぞかせた。敷居を越え、五十八の前に端座する。

「御家老、よくおいでくださいました」

両手を揃え、外記が挨拶する。

「いや、わしのほうこそ、忙しい中、申し訳ない」

湯飲みを茶托《ちゃたく》に戻し、五十八は軽く息をついた。

「いえ、とんでもない。それで御家老、なにかございましたか」

身を乗り出して外記がきく。

「御奉行、これを読んでほしい」

懐から一郎太の文を取り出し、五十八は外記に手渡した。受け取った外記が文をしげしげと見る。

「これは……」

「一郎太さまからの文だ。先ほど届いたばかりだ」

「一郎太さまというと、殿でございますか」

「そうだ。いま一郎太さまは江戸におられる」

「えっ、まことでございますか」

外記は信じられないという顔である。

「病に臥せられているという話を聞いておりましたが……」

「それはただの噂に過ぎぬ」

「さようでございましたか……」

「御奉行、文を読んでくれ」

「承知いたしました」

一礼して文を開き、外記が目を通しはじめる。読み終えて五十八に顔を向けてきたが、驚愕《きょうがく》の表情だった。

「御家老、ここに書かれていることは、まことでございますか」

「一郎太さま直筆の文だ。まことのことであるとしかいえぬ」

「おっしゃる通りでございましょう」

畏れ入ったように外記がかしこまる。御奉行、と五十八は鋭く呼びかけた。

「出雲屋、宮瀬屋、知多屋の三軒の商家から、寒天の裏帳簿を没収するのだ」

「寒天の裏帳簿でございますね。承知いたしました」

畏怖の思いを露《あら》わに外記が答え、平伏した。


北山城に行くという五十八を玄関で見送った外記は、すぐさま命令を発し、人数をととのえた。町奉行所のすべての人員を使うつもりでいる。十五人ずつの捕り手を三軒の商家に向かわせる気でいた。

「今川《いまがわ》、出雲屋に行くのだ。久保田《くぼた》、宮瀬屋を頼む」

外記は今川次郎兵衛《じろべえ》と久保田佐兵衛《さへえ》という、特に信頼する二人の与力に命じた。

「御奉行は知多屋に行かれますか」

「そういうことだ」

「承知いたしました」

「裏帳簿だ。とにかく寒天の裏帳簿を押さえよ。これが肝要である」

はっ、と二人の与力が低頭した。

「それと、あるじを必ず引っ立ててくるのだ」

「わかりましてございます」

勢いよく立ち上がった二人の与力が、外記の詰所を出ていった。二人とも張り切っている様子だ。

外記も間髪《かんはつ》を容《い》れずに腰を上げ、詰所をあとにした。

　肩で風切るように廊下を歩く。すでに捕物装束に身を固めていた。気持ちがひどく高揚している。

――なにしろ、わしにとっては初めての捕物だからな……。

「稲場《いなば》、こちらにまいれ」

はっ、と答えて稲場風馬《ふうま》が寄ってきた。稲場は五十八を客間に案内した用人である。普段、町奉行も用人も捕物に出ることはないが、今日に限っては非常時といってよい。

稲場は剣術の腕が立つ。店の者が抗《あらが》ってみせることなど、まずないとは思うが、連れていけば、役に立つこともあるのではないか。

厩《うまや》から引き出された馬に乗り、外記は知多屋に向かった。後ろを十五人の捕り手がついてくる。その足音の力強さが外記には心地よかった。店に近づくにつれ、外記の意気も自然に上がっていく。

本通りにある知多屋は、すでに店を開けていた。数多くの乾物を扱っており、北山城下では屈指の大店である。

外記は店の前で馬を止めた。乾物のにおいが漂ってくる。

進み出た稲場が暖簾《のれん》を払い、土間にいた知多屋の奉公人に、あるじを呼ぶよう命じた。えっ、と奉公人が呆然《ぼうぜん》として稲場を見る。

「御用の筋である。早くあるじを呼べ」

「は、はい。わかりましてございます」

あわてたように奉公人が奥に消えた。それを見て、外記は馬を下りた。

すぐにあるじが店の外に姿を見せた。

「手前が知多屋のあるじ喜左衛門《きざえもん》でございますが……」

すぐさま足を進め、外記は喜左衛門の前に立った。

「町奉行の白田外記である」

「あっ、御奉行……」

互いに顔は知っている。町の政《まつりごと》について話し合うために、寄合の席が設けられることがあり、そのときによく顔を合わせるのだ。

「今日は、寒天の裏帳簿の没収に来た。素直に差し出すがよい」

「えっ、裏帳簿……」

「知多屋、まさかとぼけるつもりではあるまいな。証拠は上がっておるのだ」

「いえ、とぼけるもなにも……」

「知多屋、まことにしらばっくれる気か。ならば、こちらにも考えがあるぞ」

「いえ、そのような気はこれっぽっちもございませんが……」

なにが起きたか皆目わからず、喜左衛門はひたすら当惑していた。

「しらばっくれる気がないのなら、さっさと寒天の裏帳簿を持ってくるのだ」

「あの御奉行、証拠というのは、どのようなものでございましょう」

「我が殿からの文だ。それには、監物に渡った裏金について詳しく書かれていた」

「お殿さまの文……」

「そうだ。殿自ら、寒天の裏金について調べられたらしいのだ」

「お殿さまが自らでございますか」

喜左衛門は信じられないという顔だ。

「そうだ。我が殿は聡明《そうめい》なお方だ。そなたもよく存じておろう」

「もちろんでございます……」

「その殿がお調べになったのだ。まちがいなど、あるはずがない。どうだ、畏れ入ったか」

「はっ、畏れ入りましてございます」

喜左衛門がうなだれ、ぎゅっと目を閉じた。まぶたの堰《せき》を破って、涙があふれ出した。

目を開けた喜左衛門が、観念したという顔を向けてきた。

「番頭さん、黒帳簿を持ってきなさい」

そばに控えていた番頭が、えっ、という顔で喜左衛門を見つめる。

——黒岩監物に関する帳簿ゆえに、この店では黒帳簿と名づけていたのか……。

なるほどな、と外記は合点がいった。

「番頭さん、早くしなさい。もう進退はきわまったのだ。もはやじたばたしても、仕方がない……」

このあたりはさすがに大店のあるじだけのことはあるな、と外記は感じ入った。なんとも潔《いさぎよ》い。

「わかりましてございます」

喜左衛門に命じられた番頭が、店に取って返す。三十ばかりを胸の内で数えた頃、先ほどの番頭が外に出てきた。数冊の帳簿を大事そうに抱えていた。

「こちらでございます」

番頭から帳簿を受け取った喜左衛門が、外記に差し出してきた。

帳簿は全部で五冊あった。一冊にかなりの厚みがあり、五冊もあると、ずしりとした重みが感じられた。

「よし、神妙である。今から店を閉じよ。その上で沙汰を待て」

「承知いたしました」

力ない声で喜左衛門が応じた。その場で裏帳簿を開き、外記はまちがいないか、確かめてみた。

ひと目見て、唸《うな》り声が出た。監物との取引が実名で記されていたからだ。

――これは、まことに莫大な額だ……。

裏帳簿一冊には五、六百両の取引が書かれてあるようだ。五冊ということは、全部合わせて三千両近い金が動いている。

――つまり三軒の商家で、一万両に及ばんとする額になるのではないか。

それだけの金が渡っていたのだ。監物が裕福であるのは当たり前のことでしかなかった。

――それにしても、この帳簿は動かしようがない証拠だ。

「知多屋に縄を打て」

外記が命じると、同心の石毛《いしげ》勇三《ゆうぞう》が進み出て喜左衛門を縛り上げた。

「よし、戻るぞ」

再び馬上の人となり、外記は馬腹を軽く蹴った。後ろを、誇らしげな顔の捕り手たちと顔面蒼白《そうはく》の喜左衛門がついてくる。

外記たちは町奉行所に戻った。町奉行所内は喧騒《けんそう》に満ちていた。

これは、出雲屋と宮瀬屋から捕り手たちが戻ってきているからであろうと見当がついた。実際に、二店のあるじが連れられてきていた。もちろん、裏帳簿も一緒である。

――よし、神酒さまに命じられた通りのことを、し遂げたぞ。今から裏帳簿を持っていくとするか。

息を入れる間もなく、外記は三店の裏帳簿を持って北山城に向かった。

すぐさま五十八の詰所に通された。期待の色に満ちた顔で、五十八が座していた。

「よく来てくれた」

うれしげに五十八が手招く。敷居を越え、外記は五十八の向かいに端座した。

「どうやら、首尾をきくまでもないようだ」

五十八の目は、外記が持つ十五冊にも及ぶ帳簿に向けられていた。

「はっ、うまく行きましてございます」

「それは重畳《ちょうじょう》」

五十八がにこやかに笑んだ。

「さっそく見せてもらってもよいか」

「もちろんでございます」

外記は、十五冊の帳簿を差し出した。受け取った五十八が、文机の上にどさりとのせた。そのうちの一冊を手に取り、すぐに目を落とす。

「これで監物はおしまいだ」

　ぱたりと帳簿を閉じ、五十八がつぶやいた。

「さようでございますね」

　五十八を凝視して、外記は同意した。

「三軒の商家のあるじはどうしている」

「奉行所の牢《ろう》に入れてあります」

　そうか、と五十八が顎を引く。

「この帳簿があれば、監物もしらばっくれることなど、まずできぬだろうが、念のためだ。御奉行、三人のあるじの尋問を頼む。裏金を監物に渡していた旨を白状させてくれ」

「わかりました。白状させ、揺るぎのない口書《くちがき》を作成したいと存じます」

「よろしく頼む」

　ゆったりとした笑みを浮かべ、五十八がうなずきかけてきた。ふむ、と声を発し、なにか思いついたような顔になる。

「こたびの裏金の一件は使えるな。よし、よい策ができ上がったぞ」

　弾んだ声を上げ、五十八が喜びを露わにした。これほど感情を見せるお方だったのか、と外記は五十八の意外な面を見たような気がした。

「策はできた。あとは一郎太さまのご到着を待てばよい」

我が意を得たりというような顔で、五十八が不敵な笑みを漏らした。どんな策なのだろう、と外記は五十八を見つめた。だが、五十八に話し出しそうな気配はまるでなかった。

——殿が北山に見えるのか。

そのことについても、外記は驚きを隠せなかった。

第四章

一

甲州街道は下諏訪《しもすわ》宿で尽き、その先へ進むには中山道を使うことになる。

下諏訪宿の次の宿場は塩尻《しおじり》宿だが、その手前には難所の塩尻峠があり、頂上からは雪をたっぷりまとった木曽御嶽山がくっきりと望めた。久しぶりに目にする御嶽山だ。

——あの山の麓《ふもと》に羽摺りの里がある……。

もし万太夫がいるのなら、一郎太は今すぐにでも乗り込んで討ち取りたい。だが、と心の中で首を横に振った。

──やつはあの山にはおらぬ。この近くにいるはずだ。どこからか、俺たちの様子をうかがっておろう。

どこで一郎太たちを襲う気なのか。いかなる場所であろうと、万太夫本人があらわれるのは、まちがいなさそうだ。

小仏峠における戦いで、配下だけでは一郎太はおろか桜香院すらも討てないことを、万太夫は思い知っただろう。

その上、万太夫は八王子宿の母衣屋《ほろや》で一郎太の策にかかり、窮地に追い込まれた。執念深さを感じさせるこれまでの振る舞いからして、万太夫は母衣屋での借りを返したくてならないはずだ。

だがこれ以上、万太夫は襲ってこないのではないか。あくまでも勘に過ぎないが、一郎太は中山道では戦わぬような気がしている。

──俺と万太夫は羽摺りの里で、雌雄を決するにちがいない。

そんな思いが、いつからか一郎太の心の奥底に根づいていた。

羽摺りの里に行くためには、これまで経験したことのない雪深い道に分け入らなければならないだろう。

──果たしてたどり着けるのか……。

必ずたどり着いてみせるとは思うものの、一口に御嶽山といっても、山容はあまりに巨大だ。御嶽山の麓まで行ったからといって、すぐさま羽摺りの里が見つかるはずもない。それとわかる場所に、忍びの里があるわけがないのだ。

そういえば、神酒五十八の家臣が、羽摺りの里に赴こうとしている黒岩家の用人のあとをつけていったと、前に聞いた。その家臣を道案内にすれば、少なくとも羽摺りの里の近くには行けるだろう。近くまで行けば、見つかるかもしれない。

とにかく、恐ろしいほど深い雪道をどう踏破するか、それに尽きるのではあるまいか。それができれば、万太夫の退治は必ずや成就する。

――羽摺りの里か。どのようなところなのだろう。

今は一面の雪に覆われているのだろうか。

その後、一郎太たちは旅程を順調にこなしていった。毎日、気を張って中山道を歩き続けたが、案の定というべきか、羽摺りの者の気配は感じられず、襲撃もなかった。

今や一郎太たちは、あと一刻《いっとき》も歩けば北山城下というところまで来ていた。

刻限は七つに近く、冬の短い日はだいぶ傾いているが、このままなにもなければ、暮れ六つ前に北山へ着けるだろう。

「おっ、月野さま」

弾んだ声で藍蔵が呼びかけてきた。

「道標《みちしるべ》がありますぞ」

一郎太たちはちょうど追分に差しかかったところで、道脇に、右北山二里、と記された道標がつくねんと立っていた。

「我らはその道を入っていくのだ」

一郎太は、右側に口を開けている脇道を指さした。一行の先頭を進む供頭《ともがしら》の花井の合図で、桜香院の乗物は北山道《きたやまどう》と呼ばれる脇街道に入った。

山道ではあるものの、大して険しいわけではない。この道は白鷗城下を流れる矢《や》面《おもて》川《がわ》沿いに、北山へゆるゆると続いている。

まわりの山には雪が深いが、北山道にはうっすらとしか積もっていなかった。雪かきがなされているわけではなく、もともと北山は雪が少ないのである。

冬のあいだはたいてい晴れの日が続き、朝晩の冷え込みがことのほか厳しい。それが寒天の製造に適している。

ときおり、どか雪が降り、北山領全体が白一色にうずもれることもあるが、それもほとんど根雪にはならない。晴天が続けば、日陰を除いて解けてしまう。

以前の北山道は、人一人が通れる程度の狭い道でしかなかった。だが、寒天の荷動きが繁《しげ》くなるにつれて、荷車の行きちがいにも難儀するようになり、百目鬼家の先代で一郎太の父内匠頭斉継の命により堅牢《けんろう》な普請がなされ、今や二間ほどの道幅を誇るまでになった。

ただし、天守の瓦すら割れるという強い寒気のせいなのか、地面はずいぶんかたい。土がぎゅっと詰まっている感じである。

――寒さのせいばかりでなく、荷車に踏み固められたのかもしれぬが……。

「中山道とは、おさらばでございますか。寂しいですな」

藍蔵が嘆声を漏らした。

「寂しいか。俺はじきに北山だと思うと、うれしくてならぬが……」

「ともに旅を続けてきた友垣《ともがき》と別れるような心持ちでございますよ」

「なに、すぐにまた会える」

ああ、と藍蔵が声を上げた。

「我らが江戸に戻るときでございますな」

「そういうことだ」

一郎太が深くうなずいたとき、前を行く乗物の引戸が開き、桜香院が顔をのぞかせた。

「花井――」

桜香院に呼ばれ、一行の先頭にいた供頭の花井が乗物に駆け寄った。

「お呼びでございますか」

花井が乗物を止めんとしたのを、時を惜しむかのように桜香院が制した。

「歩きながらで構いませぬ」

はっ、と花井が足を進めつつ腰をかがめる。

「先ほど一郎太どのと神酒の話が聞こえたのですが、北山まであと少しなのですね」

「先ほど北山道に入りましてございます。北山まで、あと二里もございませぬ」

「ならば、お城に使いを出してください」

「はい、先触れでございますね。承知いたしました」

「いえ、そうではありませぬ。わらわの到着を知らせるための使いを、出してほしいわけではありませぬ」

その言葉を聞いて、花井が意外そうな顔になる。

「では、なんのための使いを……」

一郎太は、桜香院がなにゆえそのようなことをいい出したのか、すでに見当がついている。

「わらわは、重太郎の病状を一刻も早く知りたいのです。これまでもかわいい孫の様子を知りたくてならなかったのですが、じっと我慢するしかありませんでした。しかし、北山道に入ったのなら北山はもう近く、使いを出してもいいでしょう」

「お気持ちは、よくわかりました。すぐに出しましょう」

「済まぬな」

安堵《あんど》したように礼を述べて、桜香院が引戸を閉める。

「山内《やまうち》」

腰を伸ばした花井が、一人の若侍を手招いた。山内伊田蔵《いたぞう》という名であることを、この旅の最中に一郎太は知った。

「今からお城に走るのだ。若君のご容態をうかがったら、すぐに戻ってこい」

「承知いたしました」

「桜香院さまが、到着されることをお知らせするのも忘れるな」

「かしこまりました」

「行ってまいれ」

はっ、と一礼して伊田蔵が走り出す。花井は足の速さを見込んで使いに命じたようで、伊田蔵の姿はほんの数瞬で樹間に消えた。

伊田蔵を見送った一郎太は油断することなく、北山道を歩き進んだ。藍蔵も目を光らせている。

北山まで残り一里を示す一里塚まで来たとき、こちらに駆けてくる者の姿を一郎太の目は捉えた。一瞬、藍蔵が身構えかけたが、すぐに誰がやってきたのか解したようで、肩から力を抜いた。

「山内どのが戻ってまいりましたな」

藍蔵の声が聞こえたらしく乗物の引戸が開き、桜香院が顔を見せた。

「無事に戻ってきましたか」

真剣な顔の桜香院にきかれて藍蔵が、さようにございます、とうやうやしく答えた。

あっという間に近づいてきた伊田蔵が足を緩め、花井の前で立ち止まった。さすがに息を弾ませ、汗を一杯にかいている。

「山内、さぞ疲れたであろう」

花井がねぎらいの言葉をかけた。

「いえ、さほどのことはありませぬ」

にこりとして伊田蔵がかぶりを振った。失礼しますと断って、手拭きで顔の汗を拭く。

「花井さま。重太郎さまでございますが――」

待て、と花井が伊田蔵を遮る。

「わしにではなく、桜香院さまにご報告するのだ」

「承知いたしました」

点頭《てんとう》した伊田蔵が、すぐさま乗物のそばに寄った。

「止めてたもれ」

落ち着いて伊田蔵の話を聞きたいようで、桜香院が陸尺《ろくしゃく》に命じた。乗物が止まり、地面に下ろされる。

「重太郎の様子はいかがでした」

引戸から顔を突き出すようにして、桜香院がたずねる。伊田蔵を見る目はかっと見開かれ、わずかに充血していた。重太郎のことを思い続け、胸を痛めていたのが明らかな表情である。

——幼い頃、もし俺が重い病にかかっていたとしても、母上はここまで想《おも》いはせなんだであろうな……。

それは仕方のないことだろう、と一郎太はうらみがましくもなく思っている。母親がどうしても愛せない息子というのは、この世に無数に存在してきたものらしいからだ。おそらく、これからも存在し続けていくのだろう。

——俺は、そのうちの一人に過ぎぬ。もっとも、母上との心からの和解は近い……。

はっ、と畏《おそ》れ入ったように伊田蔵がこうべを垂れる。

「それがしはむろんじかにお目にかかることはできなかったのですが、重太郎さまには容態急変もなく、むしろよくなってきておられる由《よし》にございます」

「では、何事もないのですね」

勢い込んで桜香院がきく。重太郎が儚《はかな》くなっていないかどうか、それをまず知りたくてならなかったようだ。

「もちろんでございます」

桜香院を見つめ、伊田蔵が大きくうなずく。

「ああ、よかった……」

深い吐息を漏らして、桜香院が目を閉じた。安堵の気持ちを思い切り嚙《か》み締めているような顔だ。

——そうか。重太郎はがんばっておるのだな。えらいぞ。

さすがに一郎太もほっとし、大きく息をついた。藍蔵も胸をなでおろしたような表情だ。三人の腰元《こしもと》や供侍たちは、満面に笑みを浮かべていた。陸尺や中間《ちゆうげん》たちも、うれしそうに笑っている。

桜香院に向かって伊田蔵が言葉を続ける。

「それがしは、ちょうど下城される御典医の庄伯先生にお目にかかることができました」

桜香院が目を開け、伊田蔵を見る。

「重太郎さまの具合が落ち着いてきたこともあり、久方ぶりの下城だったそうですが、庄伯先生によれば、実のところ何度か危ういこともあったそうにございます。しかし、重太郎さまは、そのたびに見事に持ち直されたそうにございます」

「危ういこともあったが、持ち直した……」

「はっ。まだ五歳にあらせられますが、まことに強い精神の持ち主でいらっしゃると、庄伯先生は褒めていらっしゃいました」

「さようですか。よくわかりました。ご苦労さま」

会釈気味に頭を下げて、桜香院が引戸を閉めた。これから乗物の中で、一人、喜びをじっくり味わうつもりなのではないか。

とにかくよかった、と一郎太は心から思った。多分、病状は一進一退を繰り返しているのであろうが、今も重太郎は生きている。

それがわかれば、十分である。かたい道を踏み締める足にも、自然に力が入った。

二

太陽が大きく傾き、夕暮れの雰囲気が色濃く漂っている。

日没が近づくにつれて、本当に身を切られるのではないかと思えるほど、風が冷たさを増していた。北山道でかいた汗が、一瞬で凍るのではないかとすら感じる。

——江戸とは、まるでちがうな……。

江戸のからっ風など、これに比べたら春風みたいなものではないか。

しかし、と一郎太は思った。北山の冬の厳しさは前もってわかっていたことだ。

——今さら泣き言をいうなど、情けないぞ。しっかりせい。

足を進めつつ一郎太は自らを叱咤《しった》した。

——そんなざまでは、御嶽山に分け入るなど、夢のまた夢ではないか。

一郎太はこの寒がりの体質を、なんとかしたいと心から願った。どうにもならないことなのかもしれないが、もしかすると万太夫が治す手立てを知っているかもしれない。忍びに寒がりがいるとは思えないからだ。

——今度相見《あいまみ》えたときに、きいてみるか。

万太夫は教えてくれるだろうか。

——あの男のことだ。冥土の土産だとでもいって、教授してくれるかもしれぬ。

「おっ、月野さま。お城が見えますぞ」

藍蔵がうれしげな声を上げた。寒風に負けずに面を上げ、一郎太は行く手に目を向けた。

正面に北山城の天守が望めた。夕日を浴びて、白壁が橙《だいだい》色に染まっている。白鷗城と呼ばれるにふさわしい雄姿である。

「美しいな」

声に万感の思いが込もった。

「まことに」

すぐさま藍蔵が同意する。

「北山城に限ったことではありませぬが、城を眺めると、なにか込み上げてくるものがあるのは、なにゆえでございましょうか」

いわれてみればその通りだ、と一郎太は藍蔵の言葉に納得した。

「城には、我らの心を揺さぶるなにかがあるのであろうな。俺は、必ず戦国の昔に思いを馳《は》せることになる。そこで激しい戦いが行われたことが思い起こされ、侍の血が騒ぐのかもしれぬ」

「なるほど……」

さらに歩き続けて一郎太たちは、城の外堀役をつとめる矢面川にかかる陣妙橋《じんみょうばし》にやってきた。この橋を渡れば、北山城下である。

矢面川は十間川《じっけんがわ》という別名の通り、幅は十間ほどだが、陣妙橋は十四間ほどの長さがある。その橋を一郎太たちは、あっという間に渡り終えた。

——無事に着いたか……。

北山城下を吹く風はわずかながらも柔らかで、一郎太は気持ちが和らぐのを覚えた。

——俺が戻ってきたのを、城や町が喜んでくれているのではないか。

きっとそうにちがいない、と一郎太は内心で笑みを浮かべた。

だ。

もっとも、これで終わったわけではない。万太夫との本当の戦いは、これからなのだ。

暮れ六つの鐘が鳴るまでに、まだ少し間があるようだ。日があるうちに北山に着くことができたのが、一郎太はうれしかった。

道を進むにつれ、北山城がぐんぐん大きくなっていく。のしかかってくるような錯覚すら抱いた。

——こうして北山城を間近に見るのも久しぶりだな……。

驚くほどの広さを持つ城ではないが、そびえ立つ天守には厳かさが感じられ、威風堂々としていた。

——うむ、よい城だ。

あの城の城主をつとめていたことが誇りに思えてくる。

小造りではあるものの、戦国の遺風を感じさせるような、がっしりとした造りの大手門は開いていた。

しずしずと桜香院の乗物が城内に入っていく。そのあとを一郎太と藍蔵はついていった。

大手門を抜けた桜香院の乗物は江尻門《えじりもん》を通り、西の丸の玄関前につけられた。転げるように乗物を下りた桜香院が、息せき切って玄関に入っていく。

吹き寄せる風に負けることなく一郎太はその場に立ち、姿が見えなくなるまで桜香院を見送った。

西の丸の中には、剣呑《けんのん》な気配は漂っていない。万太夫が、先回りしてひそんでいるようには思えなかった。やつは城内にはおらぬ、と一郎太は断じた。

——母上の身になにかあることはあるまい。

「月野さまは、御殿に行かれませぬのか。今から重太郎さまのお見舞いを、されるのではございませぬのか」

首を傾《かし》げて藍蔵が問う。

「今のところ、その気はない」

「なにゆえ」

「今は、母上に心ゆくまで重太郎と対面していただきたいのだ。重太郎はおそらく眠っておるであろうが、語りかけたいことはいくらでもあろう」

「桜香院さまの邪魔をしたくないのでございますな」

「きれい事をいえば、そういうことだ。実のところ、俺が重太郎を見舞ったところで、なにも変わりはなかろう。重太郎になにもしてやれぬのをもどかしく思うだけだろう」

「腕のよい二人の御典医が、つきっきりという話でございますからな。確かに、できることはないかもしれませぬ」

「重太郎の見舞いには、今宵《こよい》、行こうと思っている。そのときに、重二郎とも話をするつもりだ」

「ならば月野さま、これからどうされるのでございますか」

「五十八に会う」

「父上に……」

「俺が江戸を発《た》つ前に頼んでおいた飛脚は、とうに五十八のもとに着いておろう。その後の成りゆきを聞きたいのだ」

「そういえば、月野さまは、文で監物の悪事を伝えたのでございましたな」

そうだ、と一郎太は首肯した。

「それから、今宵は神酒屋敷に泊めてもらうつもりでいるが、構わぬかな」

「大丈夫でございましょう」

あっさりと藍蔵が請け合う。

「なにしろ家老屋敷ですからな、部屋はいくらでもありましょう」

「うむ、そうだな。よし藍蔵、中間から行李《こうり》をもらってくるのだ」

「ああ、さようにございましたな」

うなずいて藍蔵がすたすたと歩き出す。供頭の花井の厚意で、八王子宿の母衣屋から大力の中間に、一郎太たちの行李を運んでもらっていたのだ。そのおかげで、一郎太と藍蔵は桜香院の警固に専念できたのである。

乗物のそばに立つ大柄な中間によくよく礼をいってから、藍蔵が行李を受け取った。それを背中に担いで、一郎太のもとに戻ってきた。

「お待たせしました。では月野さま、まいりましょう」

「うむ、まいろう」

西の丸をあとにして三の丸に戻ったとき、それに合わせるかのように時の鐘が響いてきた。深みのあるよい音だ。

「暮れ六つか。だいぶ暗くなってきたな」

雲一つない西の空には、わずかに残照だけが見えている。

「外に出たら、提灯《ちょうちん》をつけましょう」

一郎太と藍蔵は、大手門の前までやってきた。

「もう閉まっておりますな」

「暮れ六つを過ぎたからな。脇のくぐり戸から出よう」

「では、門番に断ってから行きましょう」

門番の詰所が、大手門のすぐ近くに建っている。中には明かりが灯《とも》っていた。

藍蔵が声をかけると、戸を開けて門番が出てきた。旅姿のままの一郎太と藍蔵を見て、どちらさまでございましょう、ときいてきた。

「百目鬼一郎太である」

胸を張って一郎太は告げた。その名がすぐには頭に響かなかったようで、門番は明らかに戸惑っていた。

「百目鬼さまといえば、おぬしの殿さまだ。わしの殿さまでもあるのだが……」

えっ、と声を漏らし、門番がまじまじと一郎太を見る。一郎太はにこりとした。

「数え切れぬほどこの門は通っているゆえ、そなたも俺の顔は覚えておろう」

笑って一郎太は門番に少し近づいた。あっ、と門番が声を上げる。

「こ、これは失礼いたしました」

うろたえて地面に土下座し、手をつこうとする。一郎太は、そのようなことをせずともよい、と立ち上がらせた。

「くぐり戸を通りたいのだが、構わぬな」

藍蔵が口にすると、もちろんでございます、と門番が薄闇に響き渡る大きな声で答えた。閂《かんぬき》を手際よく外し、くぐり戸を開ける。

「かたじけない」

礼を口にして、藍蔵が行李とともにくぐり戸に身を沈めた。外から、おいでください、と藍蔵の声がし、わかった、と一郎太は応じて、くぐり戸を抜けた。失礼いたします、と門番がくぐり戸を閉じた。

先に城外に出て羽摺りの者が近くにひそんでいないか確かめた藍蔵の気持ちは、一郎太には痛いほどにわかる。命を賭しても、藍蔵は一郎太を守る覚悟なのだ。

——なんともありがたい。

自分のために命を捨ててもよいと思ってくれている。一郎太には感謝しかない。

すでに藍蔵は小田原提灯に火を入れていた。あたりがほんのりと明るくなっている。

大手門を出れば、五十八の屋敷はそこに見えているも同然の近さである。

「ここですな」

一軒の屋敷の前で足を止め、藍蔵ががっちりと閉まっている長屋門を見上げた。

「門構えは立派ですし、中もけっこう広いようですな」

うむ、と一郎太は顎《あご》を引いた。

「これなら、藍蔵のいうように、部屋はいくらでもあろう」

黒岩監物がこの屋敷のあるじだったときに、一郎太は一度訪れたことがあった。

長屋門には、門番の詰所が設けられていた。中の明かりが漏れこぼれている小窓に向かって、藍蔵が訪《おとな》いを入れる。

小窓が開き、やや歳《とし》のいった男が顔を見せた。一郎太には見覚えのない男だ。神酒家が北山で雇い入れた者ではあるまいか。

「御家老にお目にかかりたい」

柔らかな口調で藍蔵が申し出る。

「あの、どちらさまでございましょう」

「せがれの藍蔵じゃ。こちらは月野と申す」

「えっ、ご子息さまでございますか」

門番が目をみはった。

「うむ。父上に取り次いでくれぬか」

「は、はい。承知いたしました」

音を立てて小窓が閉じられ、男の顔が消えた。母屋に向かって駆けていくらしい足音が、一郎太の耳に届く。

ほとんど間を置くことなく、足音が戻ってきた。小窓ではなく、きしんだ音とともにくぐり戸が開いた。先ほどの門番が顔をのぞかせ、頭を下げる。

「御家老がお待ちでございます。どうぞ、お入りください」

かたじけない、と礼を述べて藍蔵がまず一郎太を中に入れた。すぐに一郎太のあとに続き、外の様子をじっとうかがってから、くぐり戸を閉めた。門番が門を下ろす。

そばに、提灯を手に人影が立っていた。用人の佐久間希兵衛である。ようこそお越しくださいました、と一郎太と藍蔵に丁寧に挨拶する。

「先触れもなく、急にやってきて申し訳ない」

藍蔵が希兵衛に謝った。

「いえ、どうか、顔をお上げください。一郎太さま、藍蔵さま、こちらにおいでください」

希兵衛の先導で石畳を進んだ一郎太と藍蔵は玄関に入った。式台《しきだい》のそばに足すすぎのたらいが二つ、用意されていた。式台には小座布団が敷かれていた。

刀を鞘《さや》ごと腰から外した一郎太と藍蔵は、ありがたく小座布団に腰を下ろした。尻が冷たくないのがありがたい。草鞋《わらじ》を脱ぐと、足が解き放たれたように楽になり、ほう、と吐息が出た。

湯気が上がる桶《おけ》を手にした下男らしい男が外からやってきて、失礼いたしますと、二つのたらいに湯をざばざばと入れた。下男はその場にかがみ込み、一郎太の足を洗ってくれた。

とても気持ちがよいぞ、と一郎太は下男をねぎらった。ありがたきお言葉、と下男が控えめな笑みを向けてきた。

足を手ぬぐいで拭いてもらい、一郎太は廊下に上がった。床板はさすがに冷たかったが、湯で足を洗ったおかげで、身が縮まるようなことにはならなかった。

藍蔵の行李は、いつの間にか希兵衛が持っていた。藍蔵が驚き、恐縮したが、なに構いませぬよ、と希兵衛は意にも介していなかった。

「こちらにおいでください」

明かりが灯された廊下を希兵衛が歩き出す。一郎太と藍蔵はあとに続いた。

「今宵は、当屋敷にお泊まりくださるのでございましょうな」

振り返って希兵衛が確かめてきた。

「泊めてもらえるのか」

一郎太は素早くきき返した。

「もちろんでございます。お二人がいついらしてもよいように、部屋も用意してございます」

雪原に立つ三羽の鶴が描かれた襖《ふすま》の前で、希兵衛が足を止めた。

「今宵はこちらの部屋でお過ごしください」

からりと襖を開け、希兵衛が一郎太たちに中を見せる。十畳間と八畳間の二間続きになっており、それぞれの部屋に二つずつの火鉢が置かれ、暖かな熱をじんわりと放っていた。ありがたいな、と一郎太は思った。これは五十八の心遣いであろう。

「広いですな」

うれしそうに藍蔵が笑う。

いた。

「はい。どうか、ご自由にお使いくだされば……」

先に中に入った希兵衛が、こちらでよろしいですか、と藍蔵にきいて行李を隅に置いた。

「まずお風呂に入られますか」

希兵衛が一郎太にきく。いま風呂に入ったらさぞ気持ちよかろう、と一郎太はだいぶそそられたが、かぶりを振った。

「先に五十八に会わせてもらおう」

「承知いたしました。では、着替えをされたらお呼びください。すぐにまいります」

「わかった」

行李を開けて、一郎太たちは手早く着替えを終えた。ぱんぱんと一郎太が手を叩《たた》くと、すぐに希兵衛が廊下をやってきて襖越しに声をかけてきた。

「着替えを終えられましたか」

「うむ、終わった」

失礼いたします、と襖が開いた。

「こちらにおいでください」

希兵衛にいざなわれ、一郎太たちは再び廊下を歩いた。雪に覆われた富士山が描かれた襖の前で足を止める。

「一郎太さまと藍蔵さまが、いらっしゃいました」

希兵衛が襖越しに声をかける。

「お待ちしておりました」

中から五十八の返答があり、するすると襖が横に滑っていく。五十八の笑顔が、一郎太の瞳に映り込んだ。

「五十八。一別以来だな」

「はっ。お別れしたのはこのあいだのことでございますが、ずいぶん昔のように感じます」

「互いに無事でよかった」

「まったくでございます。どうか、お入りください」

うむ、と首を縦に振って一郎太は敷居を越えた。五十八に辞儀して藍蔵が続く。

客間とおぼしきこの部屋にも二つの火鉢が置かれ、盛んに炭が熾《お》きていた。そういえば五十八もひどい寒がりであったな、と一郎太は思い出した。とにかくこの暖かさは、冷え切った体にはありがたかった。

こちらに、と五十八にいわれ、一郎太は座布団に遠慮なく座した。目の前に湯飲みが置かれていた。一郎太の横に来た藍蔵は座布団を後ろに引き、畳に端座《たんざ》した。

おっ、という目で藍蔵を見、五十八が顔をわずかにほころばせた。

「わしは歳ですので、座布団を使わせていただきます」

五十八が座布団に座り、背筋を伸ばす。

「よくいらしてくださいました」

うむ、と一郎太は返した。

「それで、三軒の寒天商家の件だが」

挨拶もそこそこに切り出した。はっ、と五十八がかしこまり、顚末《てんまつ》を話した。

「そうか。やはり裏帳簿があったか」

「はっ。動かぬ証拠でございます」

目を光らせて五十八が深くうなずく。

「これで、監物の首根っこをつかんだといってよいな」

「おっしゃる通りにございます」

手を伸ばして湯飲みの蓋《ふた》を取り、一郎太は茶を喫した。冷え切った体に温かな茶は、ことのほかありがたかった。藍蔵も頰に笑みをたたえて飲んでいる。

息を入れて一郎太は居住まいを正した。

「さて五十八。監物をどうするかだが……」

湯飲みを茶托《ちゃたく》に戻して一郎太は口を開いた。

「その件ですが、一郎太さま、今しばらくお待ちくださいませぬか」

「なにゆえだ」

「客人が見えるからでございます。もういらっしゃると思うのですが……」

「誰が来る」

「重二郎さまでございます。畏れ多いことでございますが、こちらにお呼びいたしました」

「重二郎が来るのか。それは楽しみだ」

いつ以来なのか、と一郎太は考えた。家中の者に襲われ、北山を去る際、会ったのが最後である。

——あれからどれくらいたったのか。初秋にしては、ばかに暑かったな。

ふと、玄関のほうで人の気配が立ったのが知れた。

「来たようだぞ」

まだ気づいていない様子の五十八に、一郎太は伝えた。

「おっ、さようでございますか」

腰を浮かせて、五十八がそちらに目を向ける。その直後、廊下に足音が響き、希兵衛に連れられて重二郎が姿を見せた。

「わざわざお呼び立ていたし、まことに申し訳ございませぬ」

五十八が、敷居際に立った重二郎に向かってこうべを垂れる。

「五十八、そのようなことはよい」

笑って重二郎が首を横に振る。

「俺は兄上に会えると知って、喜んで駆けつけたのだ」

「ありがたきお言葉にございます」

畳に手をつき、五十八が平伏する。

「五十八、まことにそのような真似《まね》をせずともよい」

押し入れから新たな座布団を取り出し、五十八が自らの横に置いた。かたじけないと重二郎がその座布団に座り、一郎太をじっと見る。藍蔵にも目を向けた。

不意に破顔し、一郎太に向かって両手を揃《そろ》えた。

「兄上、お目にかかれて、とてもうれしゅうございます」

「俺も、そなたの顔を見られて心が弾んでならぬが、重二郎こそ、そのような真似をせずともよいのだ」

「いえ、そういうわけにはまいりませぬ。今も兄上は百目鬼家の当主でいらっしゃいます。その兄上を弟のそれがしが敬畏《けいい》いたすのは、当たり前のことでございます」

「そうか……」

「それにしても兄上、よくご無事で。母上も感謝の思いを口にされていらっしゃいました。一郎太どのと藍蔵のおかげで、何事もなく北山まで来られたと……」

「そうか、母上がな……」

「こたびの旅で、母上の兄上に対する物腰も、だいぶ変わったようではありませぬか」

「その通りだ。いずれ、重二郎のようにかわいがってもらえる日が来るかもしれぬ」

ふふ、と重二郎が笑いをこぼした。

「兄上は子供ですね。まだ母上にかわいがってほしいと思われるのですか」

「まあな。子というのは、いつまでたっても子だ」

背筋を伸ばし、一郎太は重二郎を見つめた。

「重太郎の加減はどうだ」

身を乗り出してきいた。

「はっ、おかげさまで、だいぶ落ち着いてきております。五十八が毎日来てくれたのですが、その見舞いがよかったのではないかと、それがしはにらんでおります」

「五十八の見舞いが効いたというのか」

はっ、と重二郎が答えた。

「あれは、十日以上前でございましたか。その日も五十八は来てくれたのですが、そのときに潮目が変わったような気がいたします」

「いえ、それがしはなにもしておりませぬ」

「五十八。俺が効いたといっているのだから、よいではないか」

「はっ、畏れ入ります」

「では、重太郎は快方に向かっているのだな」

「それがしは、まちがいなくそうだと思っています。庄伯先生と験福先生の二人は、まだ慎重な態度を崩してはおりませぬが……」

「そうか……」

重二郎のいう通り、と一郎太は強く思った。

――重太郎は、必ずよくなるに決まっておる。こんなところで死ぬはずがない。

面を上げ、一郎太は重二郎を凝視した。

「ところで重二郎、そなたに伝えたいことがあるのだ。もっとも、気を利かせてそなたを呼んだのは五十八だが」

はっ、と重二郎が座り直した。

「監物の処分について話し合いたいと思っておる。そなた、三軒の寒天商家の件について、すでに五十八から話を聞いておるな」

「はっ、聞いております。不正は明らか、もはや監物は捕らえるしかないのではありませぬか。その上で詮議をし、処分を決めるしかないでしょう」

「その通りだが、重二郎、そなたは監物を殺せるのか」

一郎太にきかれ、うっ、と重二郎が詰まる。

「やはり切腹しかないのでございますか」

「なんといっても、俺の命まで狙ったゆえ……」

「さようにございましたな」

下を向き、重二郎が難しい顔になる。

「重二郎。やはり将恵どのの父親を殺したくはないか」

「妻のことを思えば、やはり殺したくはありませぬが、これまでしてきたことを考えれば、ほかに道はないように思えます」

ならば、と一郎太は声を励ました。

「捕らえ、監物の命を断つということで、重二郎に異論はないな」

眉根を寄せて重二郎が再度、考え込む。

「監物の始末については、それがしに考えがあります」

不意に横から五十八が口を挟んだ。

「どんな考えだ」

すぐさま一郎太は質《ただ》した。興を抱いたようで、重二郎も五十八をじっと見る。

「監物に死んでもらうことに、変わりはないのでございますが……」

「続けてくれ」

これは重二郎が促した。はっ、と五十八が顎を引く。

「家中において、いま監物の裏金の件を知っている主だった者は、それがしと町奉行の白田外記などにございますが、うまくいけば監物の名誉は保てるのではないかと存じます」

「名誉を保つとはどうするのだ」

一郎太は少し膝を進めた。

「とある噂《うわさ》を流します」

「どのような噂だ」

一郎太にきかれ、姿勢を正した五十八が声を低くする。

「万太夫の耳にだけ届くような噂を流します」

「万太夫とは」

五十八を見つめて重二郎がきく。

何者なのか、監物とどんな関係なのか、すぐに一郎太は語った。

その上で、五十八が噂の中身を話した。

「それでその噂を流したあとは」

身を乗り出し、重二郎が先を促した。

「その噂を聞けば、万太夫はおそらく激怒するでしょう。ためらうことなく監物を殺すのではないかと……」

「そうなるかもしれぬな」

　五十八を直視して、一郎太は同意を示した。さらに五十八が言葉を続ける。

「万太夫に殺されたのちに、監物は正義の心を取り戻し、実はこれこれこういった行いをしたのだと家中の者に広く告げ知らせれば、すべて丸くおさまるのではないかと存じます」

　五十八の説明を聞き終えて、一郎太は深くうなずいた。

「よい手立てではないかと俺は思う。手数はほとんどかからぬし……。監物がこれまでしてきたことを考えれば、致し方あるまい」

　腕組みをして一郎太は重二郎を見やった。重二郎も覚悟を決めたような顔つきをしている。軽く息を入れ、口を開く。

「それがしの義父でございますが、それでよいのではないかと思います。いえ、こうするしかありませぬ」

　かたい口調ではあったが、重二郎が思い切ったように断じた。うむ、と一郎太は応じた。

「五十八の策を用いれば、黒岩監物の名を汚さずに済むのは確かだ」

「それがしも同じ考えでございます」

「では重二郎。五十八の策を用いて監物を罰することになるが、よいか」

一郎太は実の弟に最終の決断を求めた。

「はっ、構いませぬ」

畳に両手を揃えて重二郎が答えた。冷徹な表情をしている。

「父親の名誉が保たれれば、我が妻もその死に納得してくれるものと思います」

そうかもしれぬな、と一郎太は思った。いくら愛する妻とはいえ、重二郎が将恵に真実を告げるとは思えない。

――夫婦なのに、一人で墓場へと持っていかざるを得ぬ秘密を、重二郎は心に抱くことになるのか……。

だがそれも運命なのだろう。

「よし」

力強くいって、一郎太は五十八を注視した。

「五十八。そなたはすでに、手はずは万端ととのえてあるのではないか」

「万端というほどのことはございませぬ。実を申せば、すでに策に取りかかっております」

「なに、そうなのか」

「はっ。最初は一郎太さまのご到着を待つつもりでおりましたが、それでは間に合わなくなる恐れがあることに気づきまして……」

「そうなのか。ならば、もう策は実行に移されておるのだな」

「さようにございます」

「ならば、あとは万太夫が策にかかるのを待つだけなのだな」

「おっしゃる通りにございます」

五十八が深く低頭する。

「五十八、そなたは恐ろしい男だな」

「いえ、とんでもない」

「味方でよかったと心から思うぞ」

「そのようなことはございますまい」

五十八が立ち上がった。

「これより用人の佐久間に、策をうまくし遂げたか、確かめてまいります」

「うむ、わかった」

重二郎さま、と五十八が優しく呼びかける。

「今宵、一郎太さまは藍蔵とともに当家に泊まられます。積もるお話もございましょう。ときが許す限り、ゆっくりしていってください」

「うむ、わかった」

襖を開け、五十八が静かに出ていった。襖が閉じられる。

それを合図にして一郎太は、やや厳しい声音で、重二郎と呼びかけた。

「はっ、なんでございましょう」

威《い》に打たれたように重二郎が背筋を伸ばす。

「母上にはすでに話したことだが、ここでそなたに改めて申しつけておく」

「はっ」

息を詰めて重二郎が一郎太を見る。

「重二郎。そなたはこれからは俺の名代《みょうだい》ではなく、正式な北山城主となる。そのことを肝に銘じておくのだ」

「はっ」

「前にも申したが、俺は隠居する。これからはそなたが領主として、この北山を守《も》り立てていくのだ」

一郎太は強い眼差《まなざ》しを重二郎に注いだ。はっ、と重二郎がかしこまる。

「江戸に帰り着き次第、上さまにお目にかかり、隠居届を出すつもりだ。俺が暇《いとま》を乞うたところで、上さまにはねのけられるようなことはまずあるまい。ゆえに、そなたが次の北山城主だ。心しておくがよい」

「よくわかりましてございます」

「面倒をそなたに押しつけるようで気が引けるが、重二郎、がんばってくれ」

「北山のために精一杯、力を尽くしとうございます」

「そなたの気持ちはよくわかった。俺も力を貸そうと思っているが、正直、なにができるかはわからぬ。そなたの役に立ちたいとの思いは強いのだが……」

「成り立ての北山城主として、兄上のことはもちろん当てにしております」

　重二郎が笑みを浮かべて一郎太を見る。

「兄上。どうか、それがしに力をお貸しください」

「うむ、できるだけのことはいたそう」

　きっとなにかできることがあるだろう。

　よろしくお願いいたします、と重二郎が畳に両手を揃え、額をつけた。

三

　急ぎに急いだ。

　すでに日はとっぷりと暮れている。あたりは真っ暗だ。北山道を行きかう者の影など一つも見えない。

　黒岩家の用人大江田鷹之丞が馬に乗り、提灯をつけて監物を先導している。闇があまりに深すぎて、そう速くは走れない。

むろん、監物も馬上にいるが、目を凝らしていないと、立木にぶつかりかねない。立木など馬は勝手によけるだろうが、人はそういうわけにはいかない。枝で顔でも打って落馬したら、ただでは済まないだろう。

——しかし、重太郎は大丈夫だろうか。

監物の頭には、今それだけしかない。この旅の途上、ずっと重太郎のことを思い続けてきた。

——まさか死んではおるまい。そんな弱い子ではない。

桜香院が江戸を発った五日後の早朝、監物も上屋敷を出立《しゅったつ》したのだ。供は鷹之丞一人しか連れていない。

ただし、馬はもう一頭いる。その馬には旅の荷物を載せてあるのだ。監物の乗馬と縄で結ばれており、今も後ろをついてきている。

監物たちは、北山道に唯一ある一里塚を過ぎた。

——北山までもうじきだ。馬ならば、四半刻もかからぬであろう。しかし寒いな。

北山に近づくにつれ、寒さが一気に増してきた。夜が来てさらに冷え込みは強まり、骨まで凍りつきそうだ。

——わしは北山で生まれ育ったというのに、ほんのわずかな江戸暮らしのあいだに、体がなまってしまったのだな……。いや、これは馬に乗っているからであろう。冷たい風がまともに顔に当たる。そのせいで寒くてならぬのだ、と監物は思った。それにしても、と寒さに震えつつ思案した。

――桜香院はもう死んだのか。

一郎太はどうなったのか。一郎太はともかく、万太夫はさすがに桜香院を殺《や》ってくれただろう。なにしろ、すさまじいまでの遣い手なのだ。桜香院を殺すなど、豆腐を握り潰すよりもたやすいはずである。

さらに馬を駆って道を急いだ。やがて前方に明かりが見えてきた。

「北山が見えてまいりました」

浮き立ったような声を鷹之丞が上げた。

「うむ、そのようだな」

刻限はもう五つ近いだろう。まだ過ぎてはいないはずだ。

北山は三万石の城下である。町は小さく、明かりはぽつりぽつりとしか灯っていない。見えているのは、常夜灯かもしれなかった。

四年前に一郎太が北山城主となった途端、城下に限らず、領内の常夜灯の数を増やしたのである。夜はできるだけ明るくしたほうが犯罪も少なくなり、領内の安寧を保てるという判断からだ。

――好きな賭場に、行きやすくするためだったのではないか……。

監物はそんな風に考えている。

矢面川に架かる陣妙橋を渡った。

――着いたか……。

さすがに監物は胸をなでおろした。今は江戸上屋敷で江戸家老をつとめているが、もともとはこの町の出なのだ。生まれ故郷に帰ってきてうれしくない者がいるわけがない。

「殿、どこに行かれますか」

馬を下りて引きはじめた鷹之丞にきかれた。

前に国家老として暮らしていた屋敷は、今は神酒五十八が使っている。

「下屋敷へ行くぞ。鷹之丞、道はわかるか」

「もちろんでございます」

自信たっぷりに鷹之丞が答え、再び馬上の人となった。

北山城下を西へ突っ切ると、玉岡《たまおか》村という、ちんまりとした村に出る。小川が流れる村外れに、黒岩家の下屋敷はある。

この村には名の通り、小高い丘があるのだが、春になるとその頂上に立つ一本の山桜が見事な花をつけるのだ。その花を、下屋敷の濡縁《ぬれえん》に腰かけて眺めるのが監物は好きだった。

寒風の中、下屋敷はひっそりとそこにあった。表門は閉まっていた。門は、中から門がされているわけでもない。玉岡村の村人がときおり来ては、母屋に風を入れたり、庭の草刈りをしたりしているはずだ。江戸に行く前に、監物は金をやって頼んでおいたのである。

下馬した鷹之丞が手早く門を開けた。監物は馬を引いて門をくぐった。まず庭の端に建つ蔵に行った。がっちりとした錠が下りており、なにも異常がないのを確かめる。

――よかった。

蔵を離れ、母屋の玄関の前へと進んだ。駄馬から二つの行李を下ろした鷹之丞が、自分の乗馬と監物の馬、駄馬を引っぱって、庭の端にある厩《うまや》へと赴くのが見えた。

玄関の前で監物は草鞋を脱ぎ、舞良戸《まいらど》を開けた。冷え切った式台に上がり、廊下に置いてある行灯《あんどん》に火を入れた。

灯がともり、廊下や玄関がほんのりとした明るさに包まれた。

屋敷内は、かび臭くなかった。玉岡村の村人が、しっかりと風を入れに来てくれているようだ。

――正直者はよいな。この世の誰もが、正直者になるべきだ。

自分のことは棚に上げて、そんなことを思いながら、行灯を持って廊下を歩く。自室の襖を開けると、行李を持って鷹之丞がやってきた。

鷹之丞の手伝いを受けて、監物は着替えを済ませた。旅姿からいつもの武家姿になると、体に芯が通ったような心持ちになった。

腰に刀を差す。よし、と監物は胸底に気合が入ったのを感じた。

鷹之丞の着替えが終わるのを待って、再び馬に乗った。目指すは北山城である。むろん、孫の重太郎を見舞うためだ。刻限は、すでに五つを過ぎているだろう。

——だいぶ遅くなったが、構わぬ。どうせ、二人の御典医は重太郎のそばに詰めているはずだ。

城下を通って、城の前にやってきた。当たり前だが、大手門は開いていなかった。

馬を下りた鷹之丞が門を叩き、開門っ、と声を張り上げた。すぐに、どちらさまでございますか、と中から門番らしい者の声がした。

「前の国家老で、今は江戸家老をつとめていらっしゃる黒岩監物さまだ」

「黒岩さま……」

門が外される音が聞こえた。すぐにくぐり戸が開き、男が顔をのぞかせる。手に提灯を持っていた。

「まことに黒岩さまでいらっしゃいますか」

歳のいった門番がおずおずとたずねる。

「まことだ」

ずいと前に出て、監物は自らの顔を提灯で照らさせた。

「この顔に覚えがあろう」

「あっ……」

一瞬にして男の顔が監物の前から消え、くぐり戸が大きく開いた。

「どうぞ、お入りください」

「馬を預かっておいてくれるか」

監物にいわれた門番の目が、そこにいる二頭の馬を捉える。

「承知いたしました」

門番が外に出てきて、二本の手綱を手に持つ。入れちがうように監物はくぐり戸を抜けた。後ろに鷹之丞が続く。

西の丸の入口である江尻門でも、門番とのやり取りが必要だった。

西の丸の玄関には、明かりがぼんやりと灯っていた。

足早に歩いて監物は玄関に進んだ。玄関の沓箱《くつばこ》には多くの履物がしまわれていた。

――今も大勢の者がおるな。重太郎は、家中の者に好かれているようだな……。

満足して監物は雪駄《せった》を脱いだ。それを鷹之丞が沓箱にしまう。

「そなたはここで待っておれ」

「承知いたしました」

火鉢もない、冷え切った場所に置いていかれるのだ。もし自分が同じ立場になったら、耐えきれずに逐電してしまうかもしれない。

——鷹之丞は忠義者ゆえ、そんな真似はするまいが……。

監物は、燭台《しょくだい》がところどころに灯っている廊下を歩きはじめた。足裏がさすがに冷たい。刀番はもう帰ったのかどこにも姿はない。監物は刀を手にして進んだ。

最初の角を曲がってすぐのところで、足を止めた。目の前に、雪に覆われた山から轟然《ごうぜん》と落ちる瀑布《ばくふ》が描かれた襖がある。

二人の若い侍が、襖の前に端座していた。火鉢がそばに置かれており、監物の足元が暖かくなった。

この二人は重二郎の近習《きんじゅ》のはずだ。つまり、今も重二郎は、重太郎の枕元に座しているのだろう。

——重二郎はよい男だが、一郎太を殺したあと、亡き者にしてもよい。さすれば重太郎が百目鬼家の当主となり、わしはその後見として権勢をほしいままにできよう。

「黒岩監物だ。重太郎さまにお目にかかりたいが、構わぬか」

「これは黒岩さま」

畏れ入ったように二人が頭を下げる。

「入ってもよいか」

歳上と思える近習が襖を開けた。

「どうぞ」

「失礼する」

中にいる者に呼びかけておいてから、監物は敷居を越えた。いきなり、むわっとした薬湯のにおいに包まれた。

あまりにもにおいが強く、むせそうになった。しかも部屋の中はいくつもの火鉢が置かれ、暑いくらいだ。

下の間には三人の腰元が座っていた。この者たちは、と監物は目をむきそうになった。

──桜香院の腰元ではないか。

まさか、と上の間に顔を向けた。すると、そこには桜香院がいた。一心に目の前を見つめていた。

──なんと、生きておるではないか。

監物は強い怒りを覚えた。

──またしても万太夫はしくじったのか。いったいやつはなにをしておるのだ。

そこにいる腰元の腹を、思い切り蹴り上げたくなった。

相変わらず監物には一瞥《いちべつ》もくれず、桜香院は重太郎を心配そうに見ている。枕元に重二郎はいなかった。娘の将恵もいない。厠《かわや》にでも行っているのか。それとも、桜香院に遠慮したのか。御典医は験福が一人だけついていた。

ここに庄伯がおらぬのは、と監物は考えた。

――重太郎の容態が落ち着いているからにほかならぬ。

「重太郎どののお加減は、いかがでございましょうか」

上の間にそっと上がった監物は、声を低くして桜香院に問うた。桜香院が監物を冷たい目で見る。

「ご覧の通りじゃ。前は呼吸するたびに喉からいやな音がしていたそうな。それが今はきれいに消えておる。験福先生によれば、もう心配はいらぬとのことじゃ」

淡々と桜香院が答えた。験福が笑みを浮かべてうなずく。

「それはよかった」

ふう、と監物は安堵の息をついた。一転、凄《すご》みを利かせた声で桜香院が言葉を続ける。

「しかしそなたの身は、もはや危ない。望みはありませぬぞ」

桜香院の忠告めいた言葉がなにを意味するのか、監物には解することができなかった。怪訝《けげん》な思いで、桜香院を見つめ返すしか、できなかった。横の験福もわけがわからないようで、驚きの目で桜香院と監物を交互に見ている。

「なにゆえでございましょう」

ぎらりと目を光らせて、すかさず監物は桜香院にきいた。

「そなたが裏金をもらっていた三軒の寒天商家が、町奉行所によって、すでに押さえられたからです。裏帳簿も町奉行所が没収いたしましたぞ」

——なんと。

監物はのけぞらんばかりに驚いた。験福も驚愕《きょうがく》している。

「桜香院さま。裏金とは、いったいなんの話でございましょう」

「とぼけずともよい。家中の者で知る者はほとんどおらぬが、わらわが存じておるのは、そなたにはよくわかっているであろうに……」

——これは容易ならぬ。なにゆえこのようなことになったのか……。

そういえば、と監物は思い出した。万太夫との密談を忍びの術を持つ者にきかれたことがあった。あのとき万太夫が仕留めておれば、こんなことにはならなかった。またしても、万太夫に対する強い怒りが湧いてきた。

「失礼いたします」

もっと重太郎のそばについていたかったが、今はそんなときではない。桜香院の前を辞し、あわてて西の丸をあとにした。

「重太郎さまのお加減はいかがでございましたか」

後ろから鷹之丞がきいてきたが、監物にはそれもうっとうしかった。大手門を出ると、門番が律儀に手綱を持って、監物たちの帰りを待っていた。

「そなたはこの上ない忠義者だ」

門番を褒め称《たた》えて、監物は馬にまたがった。馬腹を蹴る。あわてて鷹之丞が後を追って走り出す。

馬を走らせ、城下に出た。まずは知多屋に向かった。

店は閉じており、ひっそりと暗かった。町奉行の白田外記の名で、店の前に制札《せいさつ》が立っていた。鷹之丞が提灯で照らすと、悪事を行ったゆえすべてを没収し、店は破産せしめると記されていた。

――これは……。

桜香院の言は嘘《うそ》ではなかった。

――なんということだ。

この分では、他の二軒も同じだろう。

暗澹《あんたん》たる思いに囚《とら》われつつ監物は馬を駆り、下屋敷に戻った。

善後策を検討しなければならない。

「馬に餌をたっぷりとやっておけ。馬草《まぐさ》はあるはずだ」

いつ逃げ出すことになってもいいよう備えておくのだ。

「はっ」

うなずいて鷹之丞が馬を厩に引いていく。その間に監物は廊下を足音荒く歩いて、自室に赴いた。部屋から明かりが漏れており、おや、と首をひねった。消し忘れたのだろうか。

――いや、行灯は消したと思うが……。

部屋に入った。万太夫が座していた。

監物は心から驚いたが、なんとか面にあらわさずに済んだ。

「来ていたのか」

「ああ」

火鉢の炭が熾きており、部屋は暖かくなっていた。監物は火鉢のそばに座り、万太夫を見据えた。

「桜香院は生きておるぞ。いったいどういうことだ」

口調も荒く、監物は万太夫のしくじりを叱責した。

ふふ、と万太夫が小さく笑いを漏らす。

「なにがおかしい」

「おぬし、だいぶ網をたぐられているようだな。もうおしまいだ」

監物をじっと見て、万太夫が断じた。

「きさまのせいでこうなったのだ。なんとかせい」

万太夫をにらみつけて、監物は強い声で命じた。

「もはやなんともならぬ」

監物を一瞥して、万太夫が素っ気なくかぶりを振る。

「なんとかするのだ。そのざまでは、桜香院だけでなく、一郎太も殺せておらぬのではないか」

怒気を孕《はら》んだ声で監物は決めつけた。

「うるさいっ」

監物をねめつけて万太夫が怒鳴った。

「うるさいだと。きさま、誰に向かっていっておる」

負けずに監物は声を張り上げた。

「決まっておろう。黒岩監物に向かって物申しておる」

「きさまっ」

あまりの怒りの強さに、監物の体が震えた。

「監物、わしを売る気でおるらしいな」

存外に穏やかな声で万太夫がきいてきた。監物は、なにをいわれているのか、わからなかった。

「なんのことだ」

「わしを売ることで、おのれを守るつもりであろう」

「なにをいっているか、わしにはさっぱりわからぬ」

「噂を聞いた」

「どんな噂だ」

「捕り手を羽摺りの里まで案内するゆえ命までは奪わぬよう、国家老の神酒五十八に乞い願ったそうではないか」

「馬鹿な。わしがそのような真似をするわけがない。それに、神酒に頼もうにも、そんな暇などなかった」

「果たしてそうかな。急ぎの使いをやれば済むことだ。それにきさまは、仲間だった桜香院を殺せと、わしに命じるような男だ。わしを裏切っても、なんら不思議はない」

「わしらを仲たがいさせようと、誰かがわざとばら撒《ま》いた噂に過ぎぬ」

すぐに監物はぴんときた。

「神酒五十八本人が撒いたのであろう。あの男は腹黒い。そのくらいの企《たくら》みをしてもおかしくはない」

ふふ、と万太夫が楽しそうに腹を揺すった。

「きさまに腹黒いといわれる男か。きさまに格下げされて国家老になった神酒五十八とは、なかなかの器のようだ」

体がまたもや震え、万太夫を殺したい、と監物は強く思った。がしっと刀をつかむや、腰を上げようとした。そのとき、万太夫が手を横に払う仕草をした。

なんの真似だ、と監物が首をひねった瞬間、体の震えがいきなり止まった。まだ怒りは全身に満ち満ちているというのに。

——どういうことだ……。

不思議に感じ、監物は眉根を寄せた。不意にみぞおちに鋭い痛みが走った。

——な、なんだ。

あわてて見下ろすと、棒のような物がみぞおちに突き立っていた。

——なんだ、これは。

「苦無《くない》だ」

冷徹さを感じさせる声で万太夫が語りかける。

「苦無だと……」

顔を上げ、監物は万太夫を見た。忍びが使うとされる飛び道具だ。手裏剣のようなものだろう。

「なにゆえこのような真似を……」

監物はうめき、また苦無に目をやった。刃物が胸に突き立っているさまが、うつつのこととは思えなかった。まるで夢でも見ているかのようだ。

座したまま監物は体を動かそうとした。だが力が入らず、自分の思うように手足が応じてくれない。逆に力が抜けたような感じで、ごろりと横になった。

――これは、まことのことなのだな。

わしは本当に死ぬのだ、と監物は思った。

――信じられぬが、この分ではもう助かるまい。まさか今日が命日になるとは……。

そんなことは微塵《みじん》も考えなかった。

――わしは、長生きするものと思っておった。

「わしはきさまを……」

万太夫のつぶやきが聞こえてきた。力を込めると、なんとか顔が動いた。万太夫が見下ろしていた。

――なんと無慈悲な眼差しよ……。

「もともとわしは、きさまを殺したくてならなかった。きさまのせいで、手塩にかけた配下を何人も失ったからだ」

そうだったのか、と監物は思った。

「それをうらみに思っていたのか」

「当たり前だ」

冷たい声で万太夫が告げた。

「わしは、きさまと手を組んだのを心の底から悔いておる。こたびの噂を広めたのが、神酒五十八だろうとなんでも構わぬ。わしはきさまを殺せればよかったのだ」

「気づかなんだ……」

「きさまに気づかれるようでは、忍びの頭領にはなれぬ」

顔を動かして監物は胸の苦無に目を向けた。

――いや、まだわしは死ぬわけにはいかぬ。重太郎を家督につけるその日までは、生きておらねばならぬのだ。

全身に力を込めて手を伸ばし、監物は苦無に触れた。抜こうとしたが、抜けない。苦無はまるで杭《くい》の如《ごと》く、深々と突き刺さっている。

――いや、もはや力がないのだ……。

「く、くそう」

監物は歯嚙みした。ふふ、と万太夫が冷笑する。

「なに、そんなに悔しがることはないぞ。監物、安心せよ。一人では逝かせぬ」

「ど、どういうことだ」

「桜香院も、一緒にあの世に送ってやる」

なに、と監物は目をみはった。

「桜香院も殺すのか。なにゆえだ。わしが殺すよう命じたのはまちがいないが……」

「おぬしらは、ずっと仲よくしておったではないか。あの世で仲直りせい」

「わしを殺して、なお桜香院も亡き者にしようというのか……」

「桜香院は一郎太の母親だ。一郎太に思い知らせねばならぬ」

――桜香院を殺されたと知ったら、あの男はさぞかし怒るであろうな。

「万太夫、そんな真似をすれば、まことに死ぬことになるぞ。一郎太を激怒させて、無事に済むとは思えぬ」

「済むに決まっておろう。桜香院を殺したあと、わしはやつを殺す」

「きさまにできるのか」

「できるさ」

「そうとは思えぬが……」

不意にひどい疲れを覚え、監物は口を閉じた。その途端、ごぼ、と喉の奥で音がし、なにかが口の中へ這《は》い上がってきた。

げっ、と吐くと、血の塊がだらりと垂れた。ぼたぼたと血が落ち、畳が赤黒く染まった。

次から次へと血が喉からせり上がり、口に溜《た》まっていく。吐こうとしたが、うまくいかなかった。息が詰まり、ううっ、と監物はうめいた。

急速に目の前が暗くなっていく。さして苦しさは感じなかった。

――こうして人というのは、死んでいくものなのか……。

次の瞬間、監物の意識は黒一色に包み込まれた。首が畳に落ちた音をかすかに聞いた。

それが、監物がこの世で耳にした最後の音だった。


まるで虫けらのように手足を痙攣《けいれん》させていたが、それもやがてやんだ。

――逝ったか……。

万太夫は、ふっ、と息をついた。冷たい目で監物の死骸を見下ろす。

「きさまにふさわしい最期だな……」

監物を殺したからといって、別になんの感慨も湧かなかった。

――つまらぬ男だった。もっと早く殺しておくべきだった。

万太夫は、監物の顔に唾を吐きかけた。その直後、廊下から足音が聞こえてきた。

殿、と姿を見せたのは、黒岩家の用人の大江田鷹之丞である。前に一度、会ったことがある。

「馬に餌をやってまいりま……」

畳に横たわっている監物に気づいて、鷹之丞が息をのんだ。顔を上げ、万太夫をにらみつける。

「きさま。殿を手にかけおったな」

怒号し、手にしていた刀を抜こうとする。だが、その動きは瞬時に止まった。胸に苦無が突き立っていたからだ。

「こ、これは……」

「苦無だ」

げぼ、と苦しげな声を発し、鷹之丞が血の塊を吐いた。あるじと同じだな、と万太夫は鷹之丞を見た。

鷹之丞がどうと音を立てて、血にまみれた畳に倒れ込んだ。すでに息はなかった。

——あるじはしぶとかったが、家臣はあっけなく逝きおったな……。

音もなく、十人ばかりの配下が部屋に入ってきた。万太夫にとって、最後に残された者たちである。

小仏峠では無駄な襲撃をさせたとの思いが強かった。

「来たか。よし、お宝をいただいていくぞ」

――蔵の鍵は、まずここであろう。

万太夫はひざまずき、監物の着物を探った。案の定だった。懐に巾着がしまわれており、鍵の感触があったのだ。

――監物にとってこの鍵は、この世で最も大事な物であろう。

肌身離さずに持っていなければ、おかしいのだ。

鍵を手にした万太夫は母屋を出、庭に建つ蔵に赴いた。

鍵を使って解錠し、重い扉を開ける。湿っぽく、かび臭いにおいが漂い出てきた。

万太夫は蔵の中に入り込んだ。千両箱がちょうど十個あった。

――ずいぶん貯《た》め込んだものよ。

それだけ寒天で得られる利益というのは、すさまじいものがあるのだ。

「すべていただいていくぞ」

配下に命じて、万太夫は千両箱を運び出させた。五頭の馬が、すでに蔵の前に引き出されている。そのうちの三頭は、この屋敷の厩に繋《つな》がれていた。監物たちが江戸から乗ってきた馬であろう。

――監物と大江田のほかに、もう一人おるのか……。

ちがうな、と万太夫は即座に否定した。もう一頭は駄馬であろう。

一頭ずつ背中に二つの千両箱を積んでいく。

「先に行っておれ」

黒岩家下屋敷を出ると、万太夫は配下に命じた。

「わしにはせねばならぬことがある」

「承知いたしました」

五頭の馬とともに配下たちが遠ざかっていくのを、万太夫は見送った。

四

なにかざわめきのようなものを感じ、一郎太は目を覚ました。

部屋にはすでに、外の明るさが忍び込んできていた。見覚えのない天井を目の当たりにし、一瞬、自分がどこにいるか、わからなかった。

――そうか、ここは五十八の屋敷だった。ふむ、客が来たようだな……。

よっこらしょ、と一郎太は寝床の上に起き上がった。さすがに旅の疲れが溜まっていたらしく、よく眠った。

昨日まで脇本陣に泊まり続けてきたが、ここ神酒屋敷ほど寝心地のよい宿は、一軒たりともなかった。

――それにしても寒いな。

こんなに冷え込んだ朝は久しぶりに味わった。江戸では一度もない。

一郎太は立ち上がり、暖かい寝間着を脱ぎ、冷えきっている着物を着た。次いで火鉢の炭を熾《おこ》した。すると、ほんのりと暖かさが立ち上がった。

しかしこの寒さの中、どんなに火鉢の火が熾きたところで部屋全体が暖まることはまずないだろう。

隣の部屋は藍蔵が使っているが、まだいびきが聞こえてくる。

——眠っておるのか……。

ふと人の話し声が聞こえてきた。あれは客間からだろう。五十八が客と話をしているようだ。

一郎太は布団をたたみ、隅に寄せた。そのとき、客間にいた客が帰っていった気配が伝わってきた。

すぐに、廊下を渡ってくる足音が聞こえてきた。足音が立たないように控えめに歩いている。

——あんな気遣いができるのは五十八しかおらぬ。

立ち上がり、一郎太は襖を開けた。ちょうど目の前に五十八が立ったところだった。

「ああ、一郎太さま。おはようございます。起こしてしまいましたか」

「いや、起こされたわけではない。来客があったであろう」

「お気づきになりましたか」

「こんなに早い刻限の客だ。なにかあったのだな。ああ、こんなところでは落ち着かぬな。五十八、入ってくれ」

一郎太は部屋に招き入れた。

「ご自分で布団もたたまれましたか」

五十八が感心したという声を上げる。

一郎太さま、と隣の部屋から藍蔵が呼びかけてきた。襖がゆっくりと開き、藍蔵が顔をのぞかせる。

「藍蔵、おはよう」

「おはようございます。父上、こんなに朝早くから、なにかございましたか」

「もう早くもないぞ。明け六つは、とうに回ったからな」

「えっ、もうそんなになるのですか」

「部屋の中も明るくなっておるだろう」

「ああ、さようにございますね」

藍蔵、と一郎太は呼んだ。

「そなたもこちらに来い。五十八が、話があるようだぞ」

「わかりました」

藍蔵がのそのそと敷居を越え、一郎太のそばに端座した。五十八が一郎太の向かいに座し、間を置かずに口を開く。

「先ほど郡《こおり》奉行所の者がまいったのですが、監物が殺されたそうにございます」

やはりな、と一郎太は思った。そんな気がしていた。

「殺したのは万太夫だな」

「おそらくそうでございましょう。胸に苦無が刺さっておりました」

「郡奉行所の使いということは、場所は監物の下屋敷だな。殺されたのは昨晩か」

「さようにございます。監物はどうやら昨夜、北山に着いたようでございます」

「俺たちと同じ日に到着したか。馬で来たのかな」

「そのようでございます。桜香院さまのあとに江戸を出て、同日に到着というのは、馬でないとできぬでしょうから」

「殺されたのは監物だけか」

いえ、と五十八がかぶりを振った。

「用人の大江田鷹之丞も、監物のそばで殺されていた由にございます」

「そうか。用人もな……」

「大江田鷹之丞というのは、前に羽摺りの里に使いに出た者でございます」

「ああ、そなたの家臣があとをつけたという者か」

「さようにございます。あのとき大江田は、監物の意を受けて羽摺りの里に足を運んだのでしょう。まさかのちに、その羽摺りの者に殺されることになるとは、大江田も思わなかったでしょうな」

監物という男に仕えたばかりにそんなことになったのだ。哀れな、と一郎太は思った。

「五十八。そなたの策はうまくいった。監物の名誉だけは守られることになるな」

「おっしゃる通りにございます」

「これから五十八は、監物の下屋敷に向かうつもりか」

「いえ、それがしは登城しようと思っております。一郎太さまは下屋敷に行かれますか」

「行ってみたい。万太夫の手がかりを得られるかもしれぬ」

「わかりました。馬で行かれますか」

「馬か。それはよいな」

相当寒いだろうが、馬を駆れば、気分がすっきりするのではないか。

「では、すぐに支度させます。朝餉《あさげ》はいかがいたしますか」

「あとでよい。戻ったら食べさせてくれるか」

「承知いたしました」

一礼して五十八が立ち上がり、出ていった。


四半刻後、一郎太と藍蔵は玉岡村にある監物の下屋敷にいた。

監物と鷹之丞の死骸は村人の手ですでに運び出され、大得寺《だいとくじ》という村唯一の寺に安置されているとのことだ。

一郎太は、庭に建つ蔵の前に立った。

錠に鍵が挿しっぱなしになっている。蔵の中は空っぽだった。

万太夫は、監物がここに貯め込んでいた大金を奪っていったようだ。蔵の前に、数頭の馬のものらしい足跡が残っている。

——万太夫にはやれぬ。ここにあった金は、すべて家臣たちや領民のために使われるべきものだ。

「月野さま、この足跡をたどれるかもしれませぬぞ」

「その通りだな」

一郎太は藍蔵とともに、馬の足跡を伝いはじめた。

足跡は北へ向かっていた。しかし、半里ほど行ったところで消えていた。そこはちょうど追分になっていた。

「羽摺りの者が消しましたな」

悔しげな顔で藍蔵が二本の道を見る。

「どちらを行ったか、これではわかりませぬな。二本とも方角は御嶽山のほうを指していますし……」

「ああ、さすがに忍びだ。やることに手抜かりがない」

「どうしますか」

「いったん玉岡村に戻ろう」

藍蔵を従えて一郎太は、玉岡村の大得寺に足を運んだ。

監物の遺骸は棺桶《かんおけ》に入れられて、本堂に安置されていた。まさに変わり果てた姿になっていた。監物の顔は安らかというには、ほど遠かった。苦しみに満ちていた。

――殺され方が酷《ひど》かったのかもしれぬが、この世に相当の未練を残している顔だな。いかにも監物らしいが……。

一郎太は両手を合わせた。

――これまで、いろいろあったな。そなたは有能であった。もし俺と別の形で関わっていたら、手を取り合うことができたかもしれぬ。そなたの名誉だけは必ず守る。安らかに眠ってくれ。

目を向けると、横で藍蔵も合掌していた。

そのとき、どこからか太鼓の音が聞こえてきた。かなり激しく打たれている。

藍蔵が面を上げ、聞き耳を立てる。

「あれは総登城の太鼓でございますな。なにかあったのでございましょうか」

「きっと監物の死を、家臣全員に知らせようというのであろう」

「ああ、そういうことでございますか」

「藍蔵、俺たちも城にまいろうではないか」

一郎太の顔つきが改まった。


馬を駆って一郎太と藍蔵は城に赴き、本丸御殿で重二郎と会った。重二郎のそばに五十八もいた。

重二郎は、監物が死んだことを将恵に話したそうだ。将恵は西の丸で、悲しみに暮れているという。

「兄上、五十八とも話し合い、家臣に総登城を命じたのですが……」

「うむ、太鼓の音は俺も聞いた。家臣たちはもう集まっておるのか」

「西の丸のほうに集まっております」

本丸御殿にそれだけの広さがある部屋はないが、西の丸には大広間があるのだ。総登城となると、だいたいそちらが使われる。

「そうか。では、まいろう」

一郎太は重二郎と藍蔵、五十八とともに西の丸に向かった。

大広間に百五十人の家臣が集まっていた。皆、何事だろうという顔で、近くの者と盛んに話をしていた。

一郎太は重二郎の着物を借りて正装した。さすがに気持ちがきりっと引き締まる。

重二郎も正装している。五十八も同様だ。一郎太と重二郎、五十八の三人は家臣たちの前に出た。ざわめきが一気におさまる。

重二郎を真ん中に座らせ、一郎太はその隣に端座した。家臣たちが一郎太を見て瞠《どう》目《もく》する。今は病の療養中であると、国家老から聞かされていたからだろう。一郎太の元気そうな様子を目の当たりにして、誰もがほっとした顔になった。

「江戸家老をつとめる黒岩監物が殺された」

朗々たる声で一郎太が告げると、家臣たちからどよめきが起きた。それがおさまるのを待って口を開く。

「下手人は、羽摺りという忍びの頭領東御《とうみ》万太夫という者だ」

一郎太の声が大広間に響き渡る。

「万太夫は、私怨で余の命を狙っていたのだ」

監物から依頼されて一郎太を殺そうとしたことは、端《はな》から伏せるつもりでいた。

それから一郎太は、監物が関わっていた悪事について語った。寒天の裏金のことを耳にして、家臣たちが驚きの顔になる。

「しかし監物はおのれの悪事を悔いて、改心しようとした。貯め込んだすべての金を我が家に返そうとしたのだ。さらに捕り手を羽摺りの里に案内し、万太夫を捕らえさせようともした。だが、それを万太夫に察知され、逆に殺されてしまったのだ」

なんと、という声が家臣たちから上がった。悔しそうにしている者が少なからずいた。

――監物は思いの外《ほか》、家臣から慕われていたようだ。

考えてみれば、常に家臣の側に立った政《まつりごと》を行おうとしていたのだ。人気があるのも当然かもしれない。

――俺は家臣だけでなく、領民のためにもなる政を行おうとしたのだが……。

だが、今はそんなことを考えているときではなかった。

「監物の無念を晴らさなければならぬ」

一郎太は高らかに告げた。力をお貸しいたしますぞ、という声がいくつも上がった。

「心強いな」

家臣たちを見渡して一郎太はにこりとした。

「皆に知らせたき儀はまだある。余は正式に隠居し、ここにおる重二郎に跡目を譲ることに決めた」

それを聞いて、家臣たちのあいだに再度どよめきが走った。

「これからは余に代わり、この重二郎を守り立ててやってくれ」

深く頭を下げて一郎太は家臣たちに頼んだ。しばらく沈黙があったが、ははっ、と家臣たちが一斉に応えた。

――これでよし。

一郎太と重二郎は揃って立ち上がった。五十八も、あとをついてくる。

控えの間で一郎太は、重二郎と向かい合って座した。

「重二郎、北山を頼んだぞ」

しっかりと目を見て、一郎太は重二郎の肩に手を置いた。

「はっ、承知いたしました」

決意を感じさせる顔で重二郎が応じた。

そこに林鳴寺《りんめいじ》から若い僧侶が使者としてやってきた。

「どうした」

若い僧侶に重二郎が質す。

「それが、桜香院さまに大事《だいじ》が出来《しゅったい》したようでございます」

その言葉を聞いて一郎太は、なに、と声を発した。

「重二郎。母上は西の丸に泊まっていかれたのではないのか」

「いえ、昨夜遅くに林鳴寺に向かわれたのです。それがしは止めたのですが、父上の墓があるお寺に、どうしても行きたいとおっしゃいまして……」

「そうなのか……」

一郎太の胸にはいやな予感が兆している。

「林鳴寺に行ってまいる」

宣するや、一郎太はすっくと立ち上がった。

「それがしも行きます」

重二郎が続いて腰を上げた。

「いや、そなたはここにいるほうがよい」

一郎太は重二郎を押しとどめた。

「百目鬼家の新たな当主だ。そなたの身になにかあってはまずい」

「しかし――」

「重二郎、俺に任せておけばよいのだ。そなたはここにいてくれ」

無言で重二郎が一郎太を見つめる。やがてうなずいた。

「わかりました。それがしはここで待っております」

「それでよい」

藍蔵を伴って一郎太は急ぎ西の丸を出た。再び馬に乗り、林鳴寺に向かった。

山門の前で馬を下り、石段を登った。本堂のほうで人のざわめきがしていた。一郎太と藍蔵は本堂に向かった。

本堂の階段を上がり、中を見やる。

本堂には大勢の者がおり、顔をうつむけていた。三人の腰元がさめざめと泣いているのが、一郎太の目に入った。

——まさか。

人垣のあいだに棺桶が見えた。一郎太は本堂内に足を踏み入れた。済まぬ、と断って人垣をかき分け、棺桶の前に出る。

棺桶には蓋がされていなかった。桜香院の顔が見えた。

「母上……」

なんということだ、と一郎太は思った。急に目の前が真っ白になり、足がふらついた。藍蔵が支えてくれた。

「済まぬ」

一郎太は唾を飲み、腰元の一人にたずねた。

「母上はどこで見つかった」

「厠です」

悲しみに満ちた声で若い腰元が答えた。

「朝餉のあと、厠に行かれたのです。私が供につきましたが、なかなか出てこられず、声をかけました。返事はなく、私が思い切って扉を開けたところ、そこで桜香院さまは……」

くびり殺されたらしく、桜香院は苦しみもだえたような顔をしていた。

下手人が誰なのか、考えるまでもなかった。

――厠の天井裏から万太夫が忍び入ったのであろう。

北山に着いたことで、どこか気が緩んだ。その隙を万太夫に衝《つ》かれたのだ。

俺は馬鹿者だ、と一郎太は自らを罵った。

――母上はさぞ苦しかったであろう。怖かったであろう。

そんな目に実の母を遭わせてしまったのだ。

――許せぬ。

万太夫への憎悪の思いが、一郎太の心を覆い尽くした。

――母上の無念を晴らさねばならぬ。

それには、万太夫を亡き者にするしか道はなかった。

五

四天王と黄龍だけでなく、これまであまたの配下を殺された。そのうらみを晴らしてやらなければ、忍びの頭とはいえない。

――やつは必ず来る。

雪にすっぽりと覆われた里を見渡し、万太夫は確信していた。

――なにしろ、実の母親を殺されたのだ。いくら折り合いが悪かったといっても、決して許せるものではあるまい……。

準備は万全である。配下の数は十人に減ったが、それだけいれば十分だろう。四天王や黄龍ほどの腕の者はいないが、一郎太の気をそらすくらいのことはできるはずだ。

そういえば、と万太夫は思い出した。五郎蔵はどうしたのか。

――やつめ、まことに逃げおったな。一郎太を始末したら必ず捜し出し、殺さねばならぬ。さもなければ、他の者に示しがつかぬ。

風は冷たいが、万太夫の全身は高熱を発していた。気持ちが昂《たか》ぶっている。

――一郎太め、早く来い。

この手で絞め殺したくてならない。

──やつはどんな思いで、母親の死顔を目にしたのだろう。多くの配下を殺されたわしの気持ちが少しはわかったか……。

万太夫は冷たい大気を胸一杯に吸い込んだ。丹田《たんでん》に力が溜まっていく。

──この東御万太夫は無双の男だ。

なにしろ、配下の四天王が束になってかかっても負けなかったのだ。

一陣の風が吹きすぎ、頭上から雪の破片が肩に降りかかった。万太夫は首を傾けて、振り仰いだ。東御家の屋敷の屋根から落ちてきたようだ。屋敷の背後には、二十丈ほどの高さの崖がそそり立っている。崖も、たっぷりと雪をかぶっていた。

見に行くかと万太夫は歩き出し、屋敷の裏手に回った。崖にうがたれた洞窟の前に立つ。

入口は差し渡し半丈ほどで、奥行きは五間ばかりある。洞窟に入り、そこにおさめられた十個の千両箱を愛《いと》おしげに見る。

──これだけあれば、必ずや羽摺りの里は再び興ろう。また幼子のかどわかしから、はじめればよい……。

にっくき一郎太に勝つ自信はある。その上、万太夫には秘術があった。その秘術を用いれば、一郎太など怖くはない。

──突きの鬼一《おにいち》など、恐るるに足らず。

早く来い、と万太夫は胸中の一郎太に語りかけた。

身がすくむほどの深い雪が積もっていると思っていたが、実際にはさほどではなかった。

一郎太と藍蔵は馬に乗り、熊崎充吾《くまさきじゆうご》という神酒家の家臣を道案内に、羽摺りの里に向かった。もちろん、充吾は羽摺りの里の近くまでしか一郎太たちを案内できない。それでよい、と一郎太は思っている。

――羽摺りの里のそばまで行けば、万太夫は必ず姿を見せよう。

桜香院の苦しみに満ちた死顔が、思い出された。あの死顔を一郎太に見せつけるために、万太夫は桜香院をくびり殺したのだ。

――だから、やつは俺が来るのを待っているはずだ。

道を覆う雪がだんだん深くなっていくが、馬を励ましつつ、一郎太たちは急ぎに急いだ。

無言でひたすら雪深い山道を進んでいくと、不意に一郎太は背後に違和感を覚えた。

「誰かついてくるような気がするが……」

そんな思いに囚われ、何度か後ろを振り返ってみたが、人影など一つも目に入ってこない。見えるのは樹間を横切る鳥の影だけだ。

――妙だな……。しかし、いったい誰がつけてくるというのだ。

夜明け前に北山を発ち、すでに半日近くたった。日は中天まで昇り、刻限は九つに近いと思えた。そのとき、前を行く充吾が不意に馬を止めた。山中だけあってだいぶ冷え込んでおり、長く馬に揺られ続けてきたせいもあり、足の指が痛くなっていた。手の指もひどくかじかんでいた。

「着いたのか」

はっ、と充吾がうなずいた。

「それがしはこのあたりまで来て、黒岩家の用人の尾行を打ち切りました。何者かの目を感じたからです」

「羽摺りの者であろうな。見張りがいたならば、やはり羽摺りの里は近いのであろう」

そのとき、大音声《だいおんじょう》が響いてきた。

「百目鬼一郎太っ」

あれはおそらく万太夫の声だ。声だけで姿はない。

「待っておるぞ。早く来い」

一郎太は充吾を見た。

「そなたはここまででよい。帰るのだ」

「いえ、お供させてください。それがしは一郎太さまのお力になりたいのです」

「いかぬ。そなたはここで戻れ。これは俺の命《めい》だ」

「……承知いたしました」

不承不承ながら、充吾が馬首を返した。雪道を遠ざかっていく姿を一郎太は見送った。

――冬は日が短いが、大丈夫だろうか。帰さぬほうがよかったか。いや、日暮れとなって帰れぬとなれば、どこか炭焼小屋にでも泊まるであろう。

ここまで来る途中、一郎太は何軒か炭焼小屋を目にしたのだ。誰もいないようで、それらしい煙は上がっていなかった。

「よし藍蔵。まいるぞ」

馬腹を蹴って一郎太は馬を進ませた。そこから先はきれいに雪かきがされていた。しかし、だんだんと道は狭くなっていく。それにつれて、深く積もった雪の壁が高くなっていく。この先に果たして里があるのかと思ったところで、いきなり視界が開けた。

雪の壁は消え、何軒もの人家が建ち並んでいるのが眺められた。里の最も奥まったところに、東御家の屋敷とおぼしき建物があった。

広い里だ、と一郎太は感じた。

「来たか」

満足そうな声を発したのは万太夫である。十人ばかりの配下を従え、一郎太の正面に胸を張って立っていた。

——あれで配下は全部なのか。だとしたら、ずいぶん減ったものだ。

一郎太、と万太夫が声を張った。

「桜香院を殺したのは、監物に頼まれたゆえではないぞ」

「いわれずとも、よくわかっておる。俺の実の母だからだ」

「さすがだな。頭の巡りがよい」

「万太夫。早速やるか」

「ああ、わしはずっとこのときを待っておったぞ」

馬から下りると、一郎太は愛刀の摂津守順房を引き抜いた。雪を蹴立てて万太夫に突進する。後ろを藍蔵がついてくる。藍蔵は、横に広がって一郎太たちを包み込むようにかかってきた万太夫の配下と戦いはじめた。

万太夫を間合に入れるや、一郎太は摂津守順房を振り下ろした。万太夫があっさりと斬撃をかわす。

「やはり大した腕ではないの、一郎太」

万太夫が嘲《あざけ》るように笑う。

「よいか、わしはきさまと遊ぶつもりはない。すぐに決着をつけてやる」

叫んだ万太夫の体から、別の一つの影が剝がれるようにぐんと躍り出た。抜身を手にした万太夫が二人になった。なにっ。一郎太はさすがに仰天し、瞠目した。

──なんだ、これは。

まさか、万太夫が双子だったわけではあるまい。つまり、分かれ身の術というべきものか。そういえば、と一郎太は思い出した。

──太平記に、十方《じっぽう》に分身して万卒《ばんそつ》に同じく相当《あいあた》りければ、と記されていたが、それと似たようなものか。なに、目くらましに過ぎぬ。

どちらかが本物で、もう片方は偽物だ。どうすれば、見破れるか。

両方とも、上空からの薄い日差しを浴びて影が雪に映っている。

──影ではわからぬか……。

「行くぞっ」

怒号して、二人の万太夫が突っ込んできた。

一人でも手に余るのに、二人の万太夫を相手にするのは正直きつかった。両方とも本物の刀を使っているようにしか見えなかった。

目にも留まらぬ斬撃が次から次へと繰り出される。

──これはすごい……。

一郎太は身を守るのに精一杯になり、攻撃に転ずることなどできなかった。

——しかし強いな。万太夫という男は、本当に恐ろしいほど強い……。

わかってはいたものの、一郎太は改めて驚愕するしかなかった。

——四天王や黄龍とは比べものにならぬ。さすがに羽摺りの頭だけのことはある。弥佑はまことに殺られてしまったのかもしれぬ。

摂津守順房を振ってはいるものの、一郎太は万太夫に圧倒されていた。だが、闘志だけは決して失っていなかった。二人の万太夫の斬撃を、ひたすら弾《はじ》き返し、かわし続けた。

防戦一方の一郎太は、藍蔵がどうしているか見る余裕がなかった。剣戟《けんげき》の音が耳に届く。少なくとも、藍蔵はまだ戦っていた。

——あの男が殺られるはずはない。

ふと、二人の万太夫の目が一郎太から同時にそれた。二つの斬撃が途中で止まった。二人の万太夫は訝《いぶか》しげになにかを見ている。

——どうしたというのだ。

ちらりと顔を動かした一郎太の目に、紫色の頭巾が映り込んだ。あれは、と一郎太は両眼を大きく見開いた。いつぞや浅草花川戸《はなかわど》の賭場へ行った帰りに監物の刺客に襲われたとき、窮地を救ってくれたのが紫頭巾だった。

雪を蹴立てて、紫頭巾が一心に駆けてくる。

——何者か知らぬが、ここまで来たのか。俺たちをつけていたのは紫頭巾だったのだな。

紫頭巾が登場したことで、一気に形勢が逆転した。紫頭巾が一郎太の助太刀に加わるや、二人の万太夫が一人に戻ったのだ。

分かれ身の術は二人を相手にしては、使えないのだろう。一郎太と紫頭巾は息の合った攻撃を見せ、確実に万太夫を追い詰めていく。

紫頭巾が愛刀を胴に振る。その刀身の美しさに一郎太は初めて気づき、目を奪われそうになった。まるで自ら神々しい光を放っているようなまばゆさだ。よほどの名刀であろう。

万太夫はかろうじて紫頭巾の斬撃を弾いたが、わずかに雪に足を滑らせ、体勢を崩した。

——今だっ。

姿勢を低くし、一郎太は秘剣滝止《たきどめ》で万太夫の体を貫こうとした。だが、ぎりぎりでかわされた。それだけでなく目の前から万太夫がかき消えた。頭上へ跳躍したとわかったときには、万太夫に背中を取られていた。

——まずいっ。

一郎太の体が、かっと熱くなった。万太夫にとって一郎太を殺す絶好の機会だったはずだが、どういうわけか一瞬、ためらったのがわかった。それを逃さず一郎太は体をひねり、万太夫に向き直ろうとした。そのときには万太夫は一郎太に向けて刀を突き出していた。

刀尖《とうせん》が一郎太の右目を狙っていた。眼窩《がんか》に刀を突き通そうというのだろう。

刀尖が寸前に迫るまで顔を動かさず、一郎太はじっとしていた。万太夫の顔に、やったといわんばかりの喜色が浮いた。

その顔を見た瞬間、一郎太は首をねじった。刀尖が目尻をかすめ通り過ぎていく。万太夫の体がわずかに伸びた。その隙を見逃さず、一郎太は万太夫の胸めがけて、再び滝止を見舞った。

なんの手応えもなく、摂津守順房が万太夫の胸を貫いた。信じられぬという顔で、万太夫が一郎太を見る。握った刀を振ろうとする。一郎太は、さらに刀を深く突き刺しておいてから引き抜いた。支えを失ったように、万太夫が音を立てて雪の上に倒れ込んだ。

なにが万太夫をためらわせたのか。一郎太にはわからなかった。

——とにかく俺は勝った。

かがみ込み、万太夫の息を確かめる。

――うむ、絶命しておる。

念のために鼓動も聞いてみた。心の臓は打っていなかった。

藍蔵も無事だった。全身が真っ赤である。すべて返り血のようだ。ちょうど十体の骸《むくろ》が血に染まった雪上に転がっていた。

澄んだ目をした紫頭巾がそこに立っている。

「そなたは静だな」

確信を持って一郎太は問うた。

「よくおわかりになりましたね」

「万太夫を追い詰めたとき、まるで夫婦であるかのように息が合っていたからな」

ふふ、と微笑して頭巾を取った。静の顔があらわれた。

「なんと……」

口をぽかんと開けて、藍蔵があっけにとられた。

六

監物の蔵にあった金がどこかにあるはずだ。もともと百目鬼家の金蔵におさめられるはずの金である。

一郎太としてはそれを持って帰り、百目鬼家の家臣や領民のために使いたかった。厩に馬が何頭かいた。この馬たちが監物の下屋敷から金を運んできたのだろう。屋敷の裏手に洞窟がうがたれているのを見つけた。筵《むしろ》に覆われて十個の千両箱が置かれていた。

馬を五頭引き出して洞窟に入った。

手早く千両箱を馬に載せ終え、一郎太と藍蔵は手綱を引いて洞窟を出かかった。外で待っていた静が頭上を仰ぎ見ている。

「あなたさま、雪が降ってきました」

薄日が射《さ》し込み、空に雪雲はない。妙だな、と一郎太は崖を見上げた。

確かに、ぱらぱらと雪が落ちてきている。それに小石らしき物が混じっているのに気づき、一郎太は顔色を変えた。

——まずい。

手綱を離し、馬の尻をひっぱたく。藍蔵も同じことをした。いななきを上げて五頭の馬が雪の上を走り出す。

一郎太は静を抱きかかえ、洞窟に戻ろうとしたが、雪のほうが速かった。

一郎太たちは雪崩《なだれ》に巻き込まれた。

ふと、なにかが聞こえてきた。

――あれは人の話し声だ……。

誰が話しているのだろう、と一郎太は考えた。聞き覚えのある声のような気がする。

――藍蔵か。いや、ちがうな。

藍蔵の声に似ているが、そうではない。五十八だ、と一郎太は覚《さと》った。

――五十八は、いったいなにをいっているのだろう。

耳を澄ませたが、うまく聞き取れない。

――五十八、もっとはっきり話すのだ。

すると、なにをいっているのか、わかった。

――一郎太さま、いったいどこにいらっしゃいますか。

まちがいなかった。

五十八はなにゆえそのようなことをきくのだろう、と一郎太は訝しんだ。

――五十八、俺はここにおるぞ。

叫ぼうとして、声が出ないのに気づいた。

――なにゆえ。

五十八の声は相変わらず聞こえている。返事をしようとするが、喉が潰れたようになってしまっている。

――なぜだ。

そのとき一郎太は、ひどく息苦しいことに気づいた。それと同時に、はっ、として目が覚めた。

やはり息ができない。いや、そうではない。しにくいだけで、呼吸はできている。

――俺はどうしたというのだ。

なぜか、ひどく寒いところにいるようだ。しかもなにも見えない。真っ暗である。

――俺は目を開いているのか。それとも、目が見えなくなったのか。

両手を動かそうとした。だが、こちらもまるで動こうとしない。

不意に、頭上から音がした。なんだ、と一郎太は顔を動かした。おっ、と喉から声が漏れた。

一箇所、明るいところが見えている。

――あれは……。

光が射し込んでいるのだ。

――そうか、俺は雪崩に巻き込まれて……。

あそこは、雪が薄くなっているのだろう。あそこから出られる。

――だが、あの音はなんなのか。

すぐに一郎太は察した。雪をかいている音にちがいなかった。

――誰か助けに来てくれたのか。

そういえば、と一郎太は思い出した。

――俺は五十八の声で目が覚めたのだ。あそこにいるのは五十八ではないか。きっとそうだ……。

一郎太の中で希望が湧いた。力を込めて、右腕で雪をかく。さらに、左腕でも同じことをする。

冷たい雪の中を、頭上に向かってじりじりと匍匐《ほふく》していく。やがて、明るさが増してきた。確実に光に近づいている。力の限り右腕を伸ばすと、雪を一気に突き抜けた。

誰かがその手をがっちりと握ったのが知れた。一郎太は全身の力を振りしぼった。すぽんと体が抜けた。一郎太は雪の上に這いずり出て、その場に座り込んだ。息がしにくい。見上げると、目の前に男が立っていた。これは誰だ。見覚えのない顔である。

何者なのか問おうとしたが、息が苦しく、喉が痛い。声が出なかった。胸がずきずき痛んでいるのにも気づいた。雪の冷たさに喉や肺の臓がやられたのではないか。

「手前は五郎蔵という者です」

一郎太をじっと見て男が名乗った。

「何者だ」

「羽摺りの者です」

「なにっ」

一郎太は目をぎらりと光らせた。

「いえ、手前には一郎太さまを害そうなどという気はありませぬ」

五郎蔵があわてて手を振ってみせる。

「だが、敵だろう」

「いえ、いろいろありまして、手前はお頭から逃げていたのです」

「逃げていた……」

――考えてみれば、俺を殺そうと思えば殺せたな。

そのとき一郎太は、はっと気づいた。

――静と藍蔵はどうしたのか。

雪上に二人の姿はない。

「五郎蔵。俺はそなたを信じよう。俺の大事な二人が雪に埋まっている。一緒に捜してくれるか」

「もちろんでございます」

雪を必死に掘り、一郎太と五郎蔵は二人を捜した。まず藍蔵が見つかった。気を失っていたが、すぐに息を吹き返した。意外に元気そうだ。

「藍蔵、大丈夫か」

「は、はい、平気です」

「藍蔵、そなたは火を焚《た》いてくれ」

一郎太は洞窟を指し示した。洞窟は雪に埋まっておらず、暗い入口が見えていた。

「承知いたしました」

「藍蔵、急げっ」

「はっ」

藍蔵が洞窟に向かう。すぐさま一郎太は静を捜しはじめた。

だが、なかなか見つからない。焦りの汗が背中を伝っていく。

「ここだ」

近くで五郎蔵の叫び声がした。一郎太は五郎蔵に近寄った。

雪の中に紫色が見えていた。まちがいない。静がかぶっていた紫頭巾だ。

一郎太と五郎蔵は雪をかき分けた。小柄な体が露《あら》わになった。手を伸ばし、静を引き上げた。

一郎太は静を両腕でしっかりと抱いたが、体は冷え切っていた。それに静は息をしていない。顔が青ざめており、唇が紫色だ。静を抱え、一郎太は急いで洞窟に入った。

藍蔵の手で火が焚かれており、洞窟の中は暖かかった。火のそばに連れていき、一郎太は静の体をさすり続けた。

——頼む、静。目を開けてくれ。

すると一郎太の祈りが通じたか、やがて静が重たげにまぶたを持ち上げた。

「生き返ってくれたか……」

心の底から安堵したが、静は歯の根が合わないほど震えはじめた。

「足が痛い……」

顔をしかめて静がふくらはぎに触れた。右足の骨が折れているようだ。一郎太は五郎蔵に、まっすぐな木を持ってくるように命じた。すぐに五郎蔵が一本の木を手に戻ってきた。

それで静の右足に副木《そえぎ》をあてた。今はそれくらいしかできることはなかった。

一郎太と藍蔵、五郎蔵の三人で火をどんどん焚いた。やがて静の顔に血色が戻ってきた。一郎太たちもあまり寒さを感じなくなった。

すでに日が暮れている。

無理をせず、この日は洞窟で夜を過ごした。

鳥の声で目が覚めた。いつの間にか日が昇っている。

驚いたことに、千両箱を積んだ五頭の馬は、雪崩に巻き込まれなかったようで、生きていた。里を出るような真似もせず、おとなしくしていた。

　一郎太たちは千両箱を載せた五頭の馬を引き連れ、出立した。

　馬は藍蔵と五郎蔵が引き、一郎太は静を背負った。

　静は元気だが、やはり足は痛そうだ。気は急《せ》くが、北山はまだまだ遠い。

　――北山に戻ったら、母上の葬儀をせねばならぬな……。

　もう二度と桜香院と話はできないし、もちろん顔を見ることもない。

　――和解ができたとはいいがたいが、最後は少し仲よくできたのではないか。

　もし桜香院が万太夫に殺られなかったら、さらに仲がよくなったのは、疑いようがない。

　――俺たちを隔てていた垣は、なくなっていたにちがいない。

　万太夫に桜香院を殺されてしまったことに、一郎太は強い悔いを覚えている。桜香院の警固のために北山までついてきたのに、意味がなくなってしまったのだ。

　――俺は母上を守れなかったのだ。

　この思いは一生、背負っていくしかなさそうだ。

　やがて一郎太たちは北山に着いた。五郎蔵はいつの間にやら姿を消していた。

　――あの男は、これからどうする気でいるのだろう。

　すでに重太郎は病から脱し、心配することもない。無事に戻ってきた一郎太たちを見て、五十八が涙を流した。一緒に静がいることに驚いていた。

「五十八」

本丸御殿に落ち着いた際、一郎太は五十八に語りかけた。

「なんでございましょう」

「俺は五十八に救われたぞ」

「えっ、なんのことでございますか」

不思議そうな顔で五十八が問う。一郎太は、雪崩に遭って雪に埋もれたときの話をした。

「えっ、それがしの声が聞こえたのでございますか」

「そうだ。その声で俺は目覚めたのだ」

ふむう、と五十八が唸《うな》り声を上げる。

「実を申し上げますと、一郎太さまたちが雪崩に巻き込まれたと思える頃、それがしは不謹慎ながら、うたたねをしておりました。そのとき一郎太さまの夢を見たのでございます。一郎太さまは明らかに苦しんでおいででした。しかし、姿は見えず、それがしは、どこにいらっしゃるのですか、と捜し回ったのです。一郎太さまの姿が見えたところで夢は終わったのでございますが……」

「夢の中の声が、俺に届いたのかもしれぬな」

「はい、そうかもしれませぬ」

「とにかく俺たちが生きているのは、五十八のおかげだ」

強い口調でいい、一郎太は五十八に笑みを向けた。


その後、一郎太たちは桜香院の葬儀を営んだ。喪主は重二郎がつとめた。重二郎は一郎太の役目だと強くいってきたが、新たな当主がやるほうがよかろう、と一郎太は重二郎を説得した。


半月ばかりで静の足も治り、出立の日がやってきた。静は骨折はしていなかった。捻挫《ねんざ》だけだった。だが、歩かせるわけにはいかず、馬に乗せた。

冬はまだ北山の地に居残っているが、陽射しはだいぶ春めいてきていた。

早朝、重二郎や重太郎、将恵の見送りを受け、一郎太たちは北山を出立した。

一里塚が見えてきた。不意に雷が鳴り響く。空は晴れている。どこから聞こえているのだろう、と一郎太は見上げた。

あの春雷は北山に別れを告げる合図だ。

——おそらく、二度とこの地を踏むことはないだろう……。

これから江戸での新たな暮らしがはじまる。どんな日々が待っているのだろう。

――俺のことだ。平穏な暮らしではまずあるまい。

だが、それも楽しみだ。

さらばだ、と北山に向けて一郎太は心で声を放ち、静が乗る馬の手綱を引いて歩きはじめた。

――本書のプロフィール――

本書は、小学館文庫のために書き下ろされた作品です。

小学館文庫

突《つ》きの鬼一《おにいち》 春雷《しゅんらい》

著者 鈴木英治《すずきえいじ》

二〇二〇年七月十二日 初版第一刷発行

発行人 飯田昌宏

発行所 株式会社 小学館

〒一〇一-八〇〇一

東京都千代田区一ツ橋二-三-一

電話 編集〇三-三二三〇-五九五九

販売〇三-五二八一-三五五五

印刷所――中央精版印刷株式会社

ISBN978-4-09-406788-0